AF176678

Susanne Kirchner

Dezemberleuchten

Susanne Kirchner (39 Jahre) lebt mit ihrem Mann und drei Kindern im Harzvorland. Sie arbeitet seit mehreren Jahren als Kranken- und Gesundheitspflegerin in einem stationären Hospiz.

Susanne Kirchner

Dezemberleuchten

Roman

Bibliografische Information der Deutschen Nationalbibliothek:
Die Deutsche Nationalbibliothek verzeichnet diese Publikation in der Deutschen Nationalbibliografie; detaillierte bibliografische Daten sind im Internet über http://dnb.dnb.de abrufbar.

© 2022 Susanne Kirchner

Herstellung und Verlag: BoD – Books on Demand, Norderstedt

ISBN: 978-3-7562-4869-8

Es ist dieses Licht.

Dieses Licht, das entsteht, wenn sich die letzten Sonnenstrahlen des Tages funkelnd in der Terrassentür am Ende des Ganges brechen.

Dieses Licht, welches den ganzen Flur in einen sanften Karamellton taucht und kleine Sonnenkringel an die Decke wirft.

Dieses Licht, was mich so sehr tröstet wie kein anderer Anblick.

Es ist, als ob es mich ganz sanft in den Arm nimmt und sagt: Sieh doch nur! Die Ewigkeit gehört uns!

1. Dezember

Aus meinem Küchenfenster habe ich den schönsten Ausblick der ganzen Stadt: Schieferdächer, Kirchtürme, die Bergwiesen und ein großes Stück Himmel.

Heute früh ist die Aussicht besonders spektakulär, da der Himmel sich leuchtend rot verfärbt hat. „Die Engel backen Brot", hat meine Oma Anni immer zu solch einem Wetterphänomen gesagt, „und das süßeste legen sie für dich zurück."

Meine Oma war super. Ich habe Sehnsucht nach ihr, als ich mich mit meinem Kaffee ans Fenster setze und das Treiben draußen beobachte.

Ich trinke den Kaffee und hänge dabei meinen Gedanken nach, als es an der Tür klingelt. Verabredung zum Frühstück vergessen, Paket bestellt, meine Eltern?

Bis ich gedanklich sämtliche mögliche Gründe für das Türklingeln durchgespielt und mich schließlich doch dazu durchgerungen habe, zu überprüfen, wer vor der Tür steht, ist es natürlich zu spät. Frau Braun aus der Erdgeschosswohnung hat den Postboten schon abgefangen.

„Die junge Frau ist bestimmt arbeiten, die muss wirklich immer viel arbeiten. Obwohl ich vorhin gesehen habe, dass ihr Auto steht. Na ja, vielleicht schläft sie auch noch. Ich nehme das Paket gerne, dann kann ich ihr das nachher hochbringen. Da wird sie sich freuen."

So, das habe ich jetzt davon, dass ich mich immer nicht entscheiden kann, ob ich zur Tür gehe oder nicht. Ich verschwinde erst mal im Bad, da davon auszugehen ist, dass spätestens in einer halben Stunde Frau Braun vor der Tür steht und tatsächlich lege ich gerade den Fön aus der Hand, als es klingelt.

„Ach, Sie sind ja doch zu Hause. Ich habe ein Paket für Sie angenommen. Ich habe Sie die letzte Woche gar nicht mal gesehen. Wie geht es Ihnen?"

„Danke! Das ist aber lieb von Ihnen. Ja, ich war viel unterwegs, aber es geht mir gut. Und Ihnen?"

„Na, mir ist was passiert. Das muss ich Ihnen erzählen. Kann ich reinkommen?"

Nach fast einer Stunde ausführlicher Schilderung über die Erlebnisse ihres Hausarztwechsels bin ich endlich allein mit meinem Paket, welches sie übrigens in ihrer Wohnung vergessen hatte und ich dort nach unserem Gespräch ausgehändigt bekam, gemeinsam mit einer von Frau Braun selbst gehäkelten Rose. Sie glaubt, dass sie mir eine ganz besonders große Freude macht mit diesen Häkelblumen, weil ich aus Höflichkeit mal sagte: „Ach, die sind ja hübsch und verblühen auch nicht so schnell." Voll Schrecken habe ich in ihrer Wohnung gesichtet, dass sie aktuell an einem pinken Weihnachtsstern häkelt.

Ich lasse die Rose erst mal in meiner Flurkommode verschwinden und widme mich meinem Paket. Ich habe an der Handschrift schon erkannt, dass meine Schwester Doro die Absenderin sein muss und reiße voll Neugier am Pack-Band. Als ich es schließlich mit Zuhilfenahme einer Schere geöffnet und aus dem Küchentisch ausgebreitet habe, freue ich mich noch mehr: Doro hat mir einen Adventskalender gebastelt.

Ich kann gar nicht aufhören ihn zu bewundern und mich zu freuen. Doro hat die kleinen Geschenksäckchen, welche mit goldenen Zahlen versehen sind, vermutlich selbst genäht. Es sind auch nicht, wie üblich, 24, sondern sogar 31 Säckchen.

Nach kurzem Überlegen beschließe ich, ihn im Wohnzimmer über dem Sofa aufzuhängen.

Der ganze Raum wirkt gleich weihnachtlich verschönert, freue ich mich, und bedauere ein bisschen, dass Frau Braun, die eben noch über mangelnde Adventsdekoration in meiner Wohnung geklagt hat, dies nicht sehen kann.

Dem Paket liegt außerdem noch ein kleines lila Briefkuvert bei, welches ich nun, unter dem Kalender sitzend, öffne:

„Meine liebe Lissi, ich wollte Dir eine kleine Freude machen und hoffe, dass es mir gelungen ist. Ich freue mich schon, wenn wir uns Weihnachten sehen und ein großes Glas Wein miteinander trinken.

Deine Doro

P.S.: Mein Kalender hat 31 Tage, weil mir einfach danach war. Ich denke nämlich auch noch nach den Feiertagen an Dich."

Ich versuche sofort Doro anzurufen, um ihr zu sagen, wie sehr ich mich freue und dass sie die beste Schwester der Welt ist, aber wie so oft im Hause Lawin geht nur der Anrufbeantworter dran. Ich überlege kurz, ob ich nach dem Signalton tatsächlich etwas sagen soll, verwerfe diesen Gedanken aber gleich wieder. Ich finde, dass meine Stimme auf Tonband noch merkwürdiger klingt als ohnehin schon, außerdem muss ich mir vorstellen, wie Doros Mann die Nachricht abhört und dabei ganz angenervt guckt. Also schicke ich lieber erst mal eine Nachricht auf ihr Handy:

„Habe Dein Päckchen erhalten und mich riesig gefreut. Wenn Du Zeit zum Telefonieren hast, ruf einfach durch. Ich habe heute frei. Kuss, Lissi".

Kaum 10 Minuten später klingelt das Telefon. Allerdings ist entgegen meiner Erwartung nicht Doro am anderen Ende der Leitung, sondern meine Freundin Marie. Mit Marie bin ich seit der fünften Klasse befreundet und sie ist mir bis heute unverzichtbar geworden.

„Na, was machst Du? Hast Du nicht frei? Wollen wir uns zum Mittagessen treffen? Dann könnten wir meinen Geburtstag planen."

Eine halbe Stunde später treffen wir uns vor Costa, dem griechischen Restaurant, welches bei mir um die Ecke liegt. Wir bestellen unsere übliche Kreta-Platte und sprechen über Maries Geburtstag. Eigentlich hat sie alles schon selbst bis ins Detail geplant und ich nicke lediglich ab.

Maries Geburtstag fällt auf den 6. Dezember und sie macht deshalb meist eine Nikolaus-Party. Dieses Jahr plant sie allerdings ein Essen zu Hause im kleineren Kreis. Ich freue mich schon darauf. Ihre Feiern sind immer ungezwungen und lustig.

Nachdem wir jeder drei weitere Ouzo getrunken haben und Costa uns ungefragt die Rechnung bringt, drehen wir noch eine Runde durch die Stadt, um für Marie ein Geburtstagsoutfit zu kaufen. Leider können wir in dieser Hinsicht nichts Passendes finden. Also improvisieren wir und erstehen eine Handtasche für mich und ein paar Winterstiefel für Marie. Erst als ich wieder zu Hause bin, stelle ich fest, dass es schon nach 18 Uhr ist. Schön, dass man manchmal noch die Zeit vergessen kann. Doro hat auf den AB gesprochen.

Während ich die Nachricht abhöre, fällt mir der Adventskalender wieder ein. Ich kann ihn ja für den heutigen Tag noch öffnen. Voller Vorfreude springe ich auf mein Sofa und rupfe das Säckchen mit der Nummer 1 ab. Eine große lila Badekugel mit dem Duftaroma „Christmas Bakery" und eine Dose Prosecco kommen zum Vorschein. Das ist jetzt genau das Richtige, finde ich und verschwinde für den Rest des Abends im Bad.

2. Dezember

Es ist egal, wann ich ins Bett gegangen bin am Abend zuvor, Frühdienst ist für mich einfach immer zu früh. Ich kann es kaum glauben, dass ich tatsächlich schon aufstehen soll, als mein Wecker um 5:00 Uhr klingelt. Ich rolle mich noch ein paarmal von einer Seite auf die andere und stehe dann doch widerwillig auf.

Als ich eine halbe Stunde später im Auto sitze und den Berg zum Hospiz hochfahre, fühle ich mich dann doch schon halbwegs wach.

Ich arbeite jetzt seit über sieben Jahren als Krankenschwester im Hospiz und ich tue es immer noch sehr gerne. Obwohl ich um 5:00 Uhr morgens manchmal doch kurz anzweifele, ob es das Richtige ist, sein Bett um diese Uhrzeit verlassen zu müssen. Meistens kann ich diese Bedenken jedoch nach dem ersten Kaffee vorerst beiseiteschieben.

Ich hatte nur einen Tag frei, was sich für mich so anfühlt, als wäre ich kaum zu Hause gewesen. Für das Hospiz und seine Bewohner jedoch ist ein Tag manchmal eine halbe Ewigkeit, in der sich alles verändert.

Bei der Übergabe erfahre ich, dass gestern zwei unserer Gäste verstorben sind und heute eine Dame zur Aufnahme kommt.

Wir benutzen bei uns prinzipiell den Ausdruck „Gäste" anstatt „Patienten". Im Hospiz soll sich niemand als Patient fühlen, sondern als Gast, den man gerne willkommen heißt.

Ich persönlich jedoch empfinde es am schönsten, wenn mir jemand sagt, dass er sich nicht (mehr) als Gast, sondern zu Hause fühlt, denn dann ist das Hospiz zu dem geworden, was es werden soll: Ein letztes Zuhause, in dem man sich beschützt und geborgen fühlt.

Heute haben meine Kollegin und ich gut zu tun, wir sehen uns fast immer nur im Vorbeigehen. Ich habe schon fast vergessen, dass wir heute noch jemanden zur Aufnahme erwarten, bis ich am späten Vormittag dem Krankentransportdienst die Tür öffne.

Das Bild, welches sich mir danach bietet, bringt mich ungewollt zum Lächeln. Eine Frau, ich schätze mal, so Anfang sechzig, mit Hut und Handtasche, marschiert schnurstracks durch die Halle auf mich zu, die beiden jungen Sanitäter vom Transportdienst sind von oben bis unten mit Gepäckstücken und Hutschachteln beladen und versuchen vergeblich Schritt zu halten.

„Guten Tag, mein Name ist Frau L. Ich bin für heute angemeldet. Können Sie mir bitte Auskunft erteilen, wer für mich zuständig ist und wo sich mein Zimmer befindet?", sagt sie mit höflicher, aber sehr bestimmter Stimme. Ich reiche ihr die Hand. „Schönen guten Tag, ich bin die Schwester Elisabeth. Ich bin heute für Sie zuständig und zeige Ihnen auch gerne Ihr Zimmer."

„Aha", erwidert Frau L und mustert mich kritisch von oben bis unten.

Ich winke den schwer beladenen Rettungssanitätern und gehe vorweg zum bereits vorbereiteten Zimmer.

„Ich wäre ja viel lieber selber gefahren oder zumindest mit einem Taxi gekommen, aber das ist wohl zu gefährlich oder man traut es mir nicht mehr zu oder was für Gründe es wohl sonst noch geben mag, dass man mir diese Art der Anreise vorschreibt", flüstert sie mir mit etwas ärgerlich klingendem Unterton zu.

„Dafür haben Sie aber gleich zwei so hübsche, nette, junge Männer, die Ihnen Ihr Gepäck sogar bis aufs Zimmer tragen." Ich drehe mich kurz um und zwinkere den Sanitätern zu. Ich glaube gesehen zu haben, dass Frau L etwas lächelt.

Als ich mit ihr schließlich allein im Zimmer stehe und wir gemeinsam überlegen, wo wir am besten die vielen Hutschachteln verstauen, mustert sie mich erneut von oben bis unten.

„Elisabeth ist ein schöner Name. Kann ich Ihnen denn vertrauen? Wissen Sie, ich habe schon einige Erfahrungen mit Krankenschwestern und Ärzten gemacht, die nicht so erfreulich waren."

Wir setzen uns daraufhin an den Tisch und führen ein langes Aufnahmegespräch. Ich erzähle ihr vom Hospizalltag und sie erzählt mir von ihrer Krankheit, von ihrem bereits vor vielen Jahren verstorbenem Mann und von ihrer Tochter, die gemeinsam mit ihrer bereits 6-jährigen Tochter in Süddeutschland wohnt.

Es ist ein sehr schönes Gespräch, Frau L. schwelgt immer wieder mal in sentimentaler Erinnerung und ich freue mich, dass sie mich daran teilhaben lässt, ab und zu müssen wir beide richtig lachen, zwischendurch sprechen wir jedoch auch mal ganz ernst, als es um ihre Erkrankung und deren Fortschreiten geht.

„So, jetzt muss ich mich mal ein bisschen frisch machen und mich ausruhen. Schließlich bin ich ja todkrank", schmeißt sie mich schließlich lachend raus.

Als ich nach Dienstende im Auto sitze und nach Hause fahre, muss ich lächelnd an Frau L. denken. Eine ganz besondere Frau.

Zuhause angekommen versuche ich als erstes noch mal Doro anzurufen. Nach 5-maligem Klingeln geht Justus ans Telefon und plärrt: „Tante Lissy, ich habe schon Deine Telefonnummer erkannt. Mama ist nicht in da, sie ist in den Baumarkt gefahren. Jonas und mich wollte sie nicht mitnehmen. Das ist ihr zu anstrengend mit uns, hat sie gesagt. Aber super, dass du anrufst. Hat Mama dir überhaupt gesagt, was wir uns zu Weihnachten wünschen?"

Justus klärt mich eine halbe Stunde auf, dass er und sein Zwillingsbruder seit Neuestem riesige Fans von einer Bande mutierter Schildkröten sind, die als Ninjas kämpfen und als Leibspeise Pizza essen. Die Unterhaltung wird durch Ninja-Schreie seines Bruders im Hintergrund untermalt. Ich verspreche, mein Weihnachtsgeschenk für die beiden an ihre neue Leidenschaft anzupassen und beauftrage Justus, seine Mutter zu grüßen, obwohl ich mir noch, während ich es ausspreche, sicher bin, dass er es vergisst. Lachend lege ich auf.

Die Jungs sind super! Ich vermisse sie schon häufig und bin traurig, dass man sich so selten sieht. Doro ist vor zwei Jahren mit ihrem Mann Martin und den Zwillingen nach Frankfurt gezogen, was etwa 400 Kilometer entfernt liegt. Ich kann mich noch genau erinnern, wie wir uns am Umzugstag heulend in den Armen gelegen haben, während Martin immer mit den Autoschlüsseln geklimpert und gerufen hat: „Meine Güte! So ein Drama! Es ist doch keiner gestorben und ihr telefoniert doch sowieso jeden Tag."

Meiner Meinung nach war Martin noch nie ein besonders großer Sympathieträger, was er mit dieser Äußerung mal wieder unter Beweis gestellt hat. Aber Doro liebt ihn. Sagt sie zumindest, auch wenn es mir manchmal schwerfällt, das zu glauben.

Als ich es mir abends schon im Bett gemütlich gemacht habe und mit dem Laptop nach Ninja-Schildkröten-Artikeln recherchiere, fällt mir der Adventskalender ein, den ich heute noch gar nicht geöffnet habe. Schnell laufe ich ins Wohnzimmer und rupfe das zweite Säckchen ab. Manchmal wirkt es so, als ob Doro ganz genau weiß, was ich gerade brauche, denn aus dem Säckchen hole ich ein kleines gerahmtes Foto von Justus und Jonas. Die beiden lachen wie verrückt auf dem Foto und auf der Rückseite haben sie schwer lesbar „Tante Lissy, wir vermissen dich" gekritzelt. Ich bin zutiefst gerührt und baue das Foto postwendend auf meinem Nachtschrank auf.

3. Dezember

Als ich die Hospiztür aufschließe, riecht es nach Zimt und Orangen. Unsere ehrenamtlichen Mitarbeiter haben gestern Nachmittag weihnachtlich dekoriert und überall Duft-Potpourri aufgestellt. Ich finde das herrlich, denn ich mag Weihnachten und vor allem auch Weihnachtsdüfte.

Nach der Übergabe und einer großen Tasse Kaffee schaue ich vorsichtig in die Zimmer unserer Gäste, ob schon jemand wach und alles okay ist. Als ich die Tür bei Frau L. öffne, bleibt mir kurz der Mund offen. Das Zimmer ist komplett umgeräumt und zum Teil mit, statt den im Hospiz bereits vorhandenen, eigenen Möbeln gefüllt. Am Bett steht ein kleiner barock wirkender Nachttisch, der mit gerahmten

Bildern übersät ist und schräg vor der Terrassentür steht eine große Vintagekommode, auf der die ganzen Hutschachteln thronen, die ich gestern schon beim Einzug bestaunt habe. Das gesamte Zimmer wirkt durch diese Veränderungen auf mich wunderbar gemütlich und auch ein bisschen nostalgisch.

Ich klappe gerade den Mund wieder zu, als Frau L. aus dem Bad tritt und mich anstrahlt.

„Guten Morgen, Elisabeth! Na, was sagen Sie zu der Umgestaltung meines neuen Wohnraumes? Ich konnte mich hier mit dem Inventar nicht richtig anfreunden und da mir ja alle hier sagen, dass ich mich wohl fühlen soll, habe ich mir ein paar Möbel von zu Hause organisiert. Sieht gleich viel wohnlicher aus, oder?"

„Da haben Sie recht", lache ich.

„Ihre Kollegen haben mir gestern erzählt, dass hier morgens und abends immer alle zusammen in der großen Küche essen. Ich würde heute aber ganz gerne in meinem Zimmer frühstücken. Wissen Sie, ich brauche immer so ein bisschen Zeit, um mich an neue Situationen zu gewöhnen. Außerdem kam ich gestern aufgrund des Umdekorierens meines Zimmers gar nicht dazu, mich hier auf dem Flur oder in den anderen Räumlichkeiten umzuschauen. Aber ich wusste ja, dass Sie heute früh wieder hier sind und habe mir schon überlegt, ob ich Sie wohl bitten kann, mich mit dem Haus etwas vertraut zu machen, sofern es Ihre Zeit erlaubt." In ihrer Stimme klingt eine leichte Unsicherheit mit. „Natürlich, Frau L. Das kriegen wir hin. Dann mache ich Ihnen jetzt erst mal Frühstück."

„Das ist ganz reizend von Ihnen."

Als ich später am Vormittag wieder ihr Zimmer betrete, erhebt sich Frau L. sofort aus ihrem Sessel. Sie trägt einen grünlich schimmernden Hut und hat sogar etwas Rouge aufgelegt.

„Schön, dass Sie die Zeit gefunden haben. Wissen Sie, ich bin doch ein kleines bisschen nervös.

Als ich mich entschlossen habe, meine restliche Zeit hier zu verbringen, hatte ich noch gar keine wirkliche Vorstellung, wie es in so einem Haus sein mag, in dem Leute sich zum Sterben einfinden und je näher mein Termin zum Einzug gerückt ist, fing ich doch an, ein befremdliches Gefühl zu entwickeln und mich sogar etwas zu ängstigen."

„Natürlich ist ein Hospiz ein Ort, an dem gestorben wird. Aber hauptsächlich ist es ein Ort des Lebens. Eine Herberge, in der Sie sich sicher und geborgen fühlen und die Möglichkeit haben sollen, bis zuletzt zu leben, und zwar so beschwerdefrei und selbstbestimmt wie möglich." Frau L. schaut mich aufmerksam an und nickt. „Dann zeigen Sie mir mal Ihren Arbeitsplatz."

Langsam spazieren wir über den Flur und inspizieren die Räumlichkeiten vom Schwesternzimmer aus über die Küche, in der ich meine Begleiterin gleich mit einem weiteren Hospizgast und zwei ehrenamtlichen Damen bekannt machen kann. Wir machen eine kurze Rast im Wohnzimmer, bei der Frau L. die Bequemlichkeit des Sofas überprüft und diese lachend mit „mangelhaft" bewertet und beenden unseren Rundgang schließlich im „Raum der Stille". Der „Raum der Stille" ist ein besonderer Ort in unserem Hospiz. Ein Raum, in dem man sich zurückziehen und Ruhe finden, in dem man Fragen stellen und nach Antworten suchen kann, in dem man lachen und weinen darf, in dem gebetet und gehofft, getrauert und Abschied genommen wird.

Ich bilde mir ein, dass Frau L. auch ohne viele Worte meinerseits den Raum und die besondere Atmosphäre, die er ausstrahlt, begreift. Auf dem Tisch steht eine große schmiedeeiserne Laterne mit einer dicken Stumpenkerze befüllt.

„Und diese Kerze zünden Sie immer an, wenn jemand hier im Haus verstirbt?", fragt sie auf den Tisch deutend. „Ja", antworte ich. Dann sagen wir beide eine Weile gar nichts, bis Frau L. sich schließlich abwendet, irgendwas mit „Mittagessen" murmelt und mich allein stehen lässt. Als ich kurz vor meinem Feierabend noch mal bei ihr reinschauen will, telefoniert sie gerade, weshalb wir uns nur kurz zuwinken.

Nach der Arbeit gehe ich mit meiner Kollegin Jenny in der Stadt etwas essen. Wenn wir mal zusammen Frühdienst haben, was gar nicht so häufig vorkommt, versuchen wir immer, uns ein Stündchen danach zum Plaudern freizuhalten. Jenny hat ein offenes und lustiges Wesen und dementsprechend sind unsere privaten Treffen auch immer recht unterhaltsam und kurzweilig. Meistens läuft es so ab, dass sie mich immer erst mal auf den neuesten Stand bringen muss, was es im Team für Reibereien gibt. Anschließend staunen wir beide darüber, dass ich bis dato davon noch gar nichts mitbekommen habe, obwohl ich doch fast jeden Tag da bin. „Wahrscheinlich liegt das daran, dass du immer allen so solidarisch entgegentrittst, da wird erst gar nicht versucht, mit dir zu lästern", mutmaßt Jenny. „Hm, vielleicht", sage ich, weil mir dazu auch nichts Besseres einfällt. Nach zwei Stunden Erörterung der Teamstrukturen anhand von Fallbeispielen mit und über tratschende Kollegen verabschieden wir uns lachend:

„Mann, Lissy, du kriegst aber auch echt gar nichts mit." „Vielleicht liegt das aber auch nicht an meiner Solidarität, sondern einfach nur daran, dass ich immer müde und deshalb zu kraftlos bin, diese ganzen Stimmungen aufzunehmen." „Das kann auch sein. Dann leg Dich mal hin." Auf dem Nachhauseweg muss ich tatsächlich mehrfach gähnen und werde, kaum dass ich mir zu Hause die Schuhe ausgezogen habe, wie magnetisch von meinem Sofa angezogen. Mein Herz macht einen kleinen Freudensprung, als ich vor dem Sofa stehe und mein Blick auf den Adventskalender fällt. Den hatte ich ja schon wieder fast vergessen.

Aus dem mit einer Drei bedruckten Beutelchen ziehe ich eine silbern glänzende, leicht verschnörkelte Haarspange. Auch wenn Doro und ich uns so selten sehen, wissen wir doch noch blind, was dem Geschmack des anderen entspricht. Ich eile vor den Spiegel im Flur, um die Spange sofort einmal probeweise ins Haar zu drapieren. Auf dem Weg werfe ich einen Blick auf mein Telefon und bemerke, dass dieses alarmierend rot aufblinkt, was bedeutet, dass der Anrufbeantworter besprochen wurde. Deshalb drücke ich auch gleich, nach kurzem Bewundern des neuen Schmucks in meinem Haar, den Knopf des Telefons zum Nachrichten-Abhören.

Meine Mutter beschwert sich, ohne jeglichen Grußworts vorab, dass sie es hasse, mit einer Maschine zu sprechen, es ja aber ein Ding der Unmöglichkeit sei, mich mal persönlich zu sprechen, geschweige denn zu treffen. Sie sei heute Nachmittag in der Stadt gewesen, habe mich besuchen wollen, es sei aber mal wieder keiner zu Hause gewesen, was sie nicht verstehe, da ich ihrer Kenntnisnahme zufolge doch Frühdienst gehabt haben müsse. Aber dies sei ja nun auch egal, sie bitte ihre werte Tochter, sobald es ihre kostbare Zeit erlaube, um einen Rückruf, in dem man vielleicht abklären könne, ob man sich denn dieses Jahr überhaupt noch sieht.

Oha, die ist sauer. Meine Mutter ist ungeheuer empfindlich, wenn Doro oder ich uns über einen Zeitraum von mehr als zwei Wochen nicht bei ihr melden. Mit Doro hat sie das Problem allerdings selten. Die ist einfach besser organisiert und hat einen festen wöchentlichen Telefontag mit meiner Mutter.

Dies bestätigt mir selbige auch gleich, als ich sie nach zweimaligem Klingeln-Lassen am Hörer habe. „Deine Schwester wohnt über 400 Kilometer entfernt und trotzdem hören wir mehr von ihr, als von dir, die zehn Radminuten von uns weg wohnt. Jeden Samstagabend ruft sie an und wenn die Zeit knapp ist, dann macht sie es trotzdem, zumindest für ein paar Minuten."

„Ja, Mama. Ich weiß. Es tut mir leid." „Ich weiß ja noch nicht mal, was mit Weihnachten ist. Musst Du arbeiten? Wie musst Du arbeiten?" Ich kriege tatsächlich ein bisschen ein schlechtes Gewissen, da ich meinen Dienstplan schon über einen Monat kenne und die Feiertage, die meiner Mutter sehr wichtig sind, noch nicht mit ihr besprochen habe. Ich melde mich wirklich zu wenig. „Mama, was hältst Du davon, wenn ich übermorgen nach dem Frühdienst bei euch vorbeischaue? Dann klären wir das mit den Feiertagen und können ein bisschen zusammensitzen." „Ja, das ist schön. Da wird sich dein Vater auch freuen." Sie klingt sofort versöhnt. „Okay! Dann bin ich so kurz nach 15 Uhr bei euch." „Wunderbar! Ich backe uns eine Linzer Torte." „Mama, du brauchst doch keine Torte zu backen." Den letzten Satz hat sie vermutlich nicht mehr gehört oder nicht hören wollen, da sie das Telefonat bereits durch Auflegen beendet hat. Ich freue mich schon ein bisschen, weil ich Linzer Torte liebe, was meine Mutter natürlich weiß.

4. Dezember

„Es tut mir leid, dass ich Sie gestern einfach stehen gelassen habe." Frau L. spart es sich, meinen Morgengruß zu erwidern und kommt stattdessen gleich zur Sache. „Kein Problem." „Na ja, für Sie vielleicht nicht, für mich umso mehr. Das ist für gewöhnlich nicht die Art und Weise, wie ich mich aus einem Gespräch verabschiede und ich mag es nicht, wenn ich mich selber kaum wiedererkenne."

„Ich kann mir vorstellen, dass es eine emotional sehr anstrengende Situation für Sie war und daraus resultierend ist es doch absolut verständlich, dass Sie das Gespräch beenden, ohne Ihre üblichen Umgangsformen zu wahren." Ich lächele sie an.

„Ich glaube nicht, dass Sie sich das vorstellen können." Frau L. schaut mich an. „Eine hübsche Haarspange haben sie da. Steht Ihnen gut, wenn Sie die Haare hochstecken. Ihnen würden auch Hüte gut stehen. Das habe ich mir gleich bei unserem ersten Treffen gedacht."

Ich habe zwischenzeitlich aufgehört zu lächeln, versucht, nach einer passenden Antwort zu suchen und stammele schließlich nur: „Ja, vielleicht. Danke, die Spange war im Adventskalender, von meiner Schwester."

„Ich gehe jetzt erst mal frühstücken. Ich brauche heute bei gar nichts Hilfe, aber Sie können ja, wenn sie Zeit haben, nachher trotzdem mal bei mir reinschauen, dann können wir ein paar Hüte probieren." Wenige Minuten später sitzt sie schon am Frühstückstisch und schmiert einer 85-jährigen Dame, welche ebenfalls Hospizgast ist, einen Buttertoast. Ich muss bei dem Anblick erneut lächeln und setze mich dazu.

Später erscheine ich wie bestellt zur Hutprobe in Frau L.s Zimmer. „So, dann wollen wir mal sehen, haben sie denn schon einen Hut?" „Ich hatte mal einen Sonnenhut, aber ich selbst fand, ich sah damit albern aus." „Dann war es der falsche Hut. Ich habe damals nach meiner ersten Chemotherapie angefangen, Hüte zu tragen. Mein Onkologe hat mir damals ein Rezept für eine Perücke ausgestellt, damit bin ich in den Perückenladen hier in der Stadt gegangen und fand es ganz furchtbar. Ich fühlte mich mit einer Perücke auf dem Kopf sehr albern, mit der einen mehr und mit der anderen weniger, trotzdem hatte ich bei allen das Gefühl, als könnte ich sie nur an Fasching tragen, ohne mich unwohl zu fühlen. Also habe ich nach einer Alternative gesucht und da ich noch einen Hut von meiner letzten Theateraufführung hatte, der mir ganz passabel stand, dachte ich mir, ich könnte ja mal einen Hutladen aufsuchen und schauen, ob dort was für mich dabei ist. Und was daraus geworden ist, können Sie sich ja denken", sagt sie und deutet lachend auf die Kommode, welche über und über mit Hutschachteln beladen ist.

„Aber jetzt wollen wir mal schauen, was Ihnen steht!" Sie kramt geschäftig in den Schachteln herum, nimmt einen Hut heraus, hält ihn mir leicht über den Kopf, und steckt ihn wieder zurück. „Nein, da habe ich mich geirrt." Auch der nächste und übernächste passt ihr nicht. Sie guckt immer wieder prüfend hin und her zwischen mir und ihren Hutschachteln. Das ganze Szenario erinnert mich daran, wie ich jüngst mit den Zwillingen einen Film über einen jungen Zauberer geschaut habe und eben dieser seinen ersten Zauberstab verkauft bekommt. Gleich sagt sie: *Der Hut muss seinen Meister finden"*, denke ich und muss unwillkürlich lachen. Frau L. lässt sich davon allerdings gar nicht beirren und sucht mit angestrengter Miene weiter. Schließlich holt sie einen relativ kleinen Hut mit hoher Krempe hervor und scheint nach einer kurzer Anprobe zufrieden zu sein. „Das ist er! Das ist genau ihr Hut!", ruft sie begeistert.

Ich muss nach einem prüfenden Blick in den Spiegel zugeben, dass er mir, obwohl ich es als sehr ungewohnt empfinde, tatsächlich sehr gut steht. „Ja, gefällt mir." „Sehen Sie, das habe ich mir gedacht!", freut sich Frau L. Wir probieren noch ein paar weitere Hüte auf, welche mir zum Teil ganz furchtbar stehen und uns dadurch immerhin mehrfach unfreiwillig zum Lachen bringen. Schließlich schiebt Frau L. mich mit den Worten: „So, ich brauche jetzt mal wieder meine Ruhe und Sie werden hier ja schließlich auch nicht als Hutmodel bezahlt" vor die Tür und ich brauche eine ganze Weile, bis ich es schaffe, meinen Mund wieder zuzuklappen.

Als ich später nach Dienstschluss zu Hause ankomme, freue ich mich beim Aufschließen der Tür auf einen großen Milchkaffee, mit dem ich mich gleich ans Küchenfenster setzen möchte, als plötzlich meine Nachbarin Frau Braun vor mir steht. „Schön, dass ich Sie treffe. Ich habe was für Sie, kommen Sie doch mal kurz rein." Sie schiebt mich direkt in ihre Wohnung, bevor ich überhaupt die Möglichkeit habe, zu widersprechen. „Setzen Sie sich mal kurz. Ich habe Kuchen gebacken, ich hole Ihnen mal eben ein Stückchen. Sie kommen doch bestimmt von der Arbeit und haben noch nichts gegessen." Zwei Minuten später steht ein riesiges Stück Apfelkuchen vor mir und Frau Braun erzählt mir aufgeregt, dass sie die gesamten Weihnachtstage über bei ihrem Sohn und seiner Familie im Nachbardorf verbringt. Ihre Augen strahlen, als sie davon erzählt. Schön für sie, denke ich bei mir, sie ist sowieso zu viel allein und diesem Umstand habe ich es auch zu verdanken, dass ich regelmäßig Ausreden erfinden muss, warum ich gerade keinen stundenlangen Plausch mit ihr halten kann. Heute schaffe ich es tatsächlich schon, nach einer halben Stunde ihre Wohnung zu verlassen. Aufatmend lehne ich mich oben gegen die von innen verschlossene Tür und marschiere anschließend gleich ins Wohnzimmer, um als erstes den Kalender zu öffnen. Aus dem vierten Säckchen fällt mir ein kleines Päckchen Rommee-Karten in die Hand, dazu ein Zettelchen, auf dem ich sofort Doros ordentliche Handschrift erkenne: „Spiel mal wieder! Und falls Du keinen ernsthaften Gegner finden solltest, bringe die Karten an Weihnachten mit, dann zeige ich dir wieder, wie das läuft. Deine Rommee-Königin Doro".

Doro und ich haben früher stundenlang Karten gespielt, manchmal hatte sich Papa noch bei uns eingeklinkt, aber meistens nur wir beide. Das Spielen hat uns viele, viele Regentage verschönert, auch wenn ich meistens verloren habe. Obwohl mich Doros Sticheleien, sie sei die größte Rommee-Spielerin aller Zeiten, sehr geärgert haben und ich bis heute noch der Meinung bin, dass sie einfach nur Glück hatte. Ich überlege gerade, wann ich überhaupt das letzte Mal gespielt habe, als es an der Tür klingelt. Ich erschrecke mich kurz, weil ich mich immer kurz erschrecke, wenn es klingelt und ich niemanden erwarte, laufe dann aber doch schnell zur Tür, bevor am Ende meine fürsorgliche Nachbarin unten wieder öffnet. Vor der Tür (ich erschrecke mich erneut) steht Frau Braun selbst. „Jetzt waren Sie vorhin so schnell weg, da habe ich ganz Ihr Geschenk vergessen, weshalb ich Sie doch überhaupt rein gebeten habe." Sie drückt mir tatsächlich den gehäkelten Weihnachtsstern in die Hand, den ich vor ein paar Tagen, als er noch in Produktion war, schon angstvoll beäugt hatte.

„Oh, der ist aber schön." „Nicht wahr? Wo ich doch gesehen habe, dass Sie so gar nicht dekoriert haben. Und das Beste: Sie müssen nicht mal gießen." „Ja, das ist prima."

Ich bemühe mich, begeistert zu klingen. „Ich weiß ja auch, wie gerne sie die Häkelblumen haben. Spielen Sie etwa Rommee?" Frau Braun deutet auf das Kartenspiel, welches ich immer noch in der Hand halte. „Ja, früher habe ich oft mit meiner Schwester gespielt, aber das ist schon ewig her." „Das ist ja toll! Ich spiele für mein Leben gerne, früher war ich sogar im Verein. Wie wäre es mit einer Partie?" „Eigentlich muss ich telefonieren." Ich habe mich bei Doro immer noch nicht persönlich für den Kalender bedankt. „Ach so." Frau Braun wirkt enttäuscht. „Ich wollte mich auch nicht aufdrängen. Ich dachte nur, dass Sie vielleicht auch Spaß dran hätten." Sie wendet sich zum Gehen und mein schlechtes Gewissen wird laut. Immerhin hat diese nette Rentnerin bestimmt mehrere Stunden damit zugebracht, mir diesen Weihnachtsstern zu häkeln und ich nehme mir nicht mal ein halbes Stündchen, um ihr eine Freude zu machen. „Na, kommen Sie rein. Für eine Runde habe ich doch Zeit." „Schön."

Sie läuft direkt ins Wohnzimmer und baut meine neue Kunstblume im Fenster auf.

„Hier sieht er doch prima aus. Sie mischen und geben."

Zwei Malzbier, eine Dose Erdnüsse und zehn Partien Rommee später, die ich übrigens auch auf mir unerklärliche Art und Weise größtenteils verloren habe, verabschiedet sich Frau Braun und ich husche nach einer heißen Dusche auch schon ins Bett. Eigentlich ein schöner Abend, auch wenn ich ihn mir anders gedacht hatte.

5. Dezember

Ich bemerke gleich, als ich morgens auf den Hospizflur trete, dass heute alles andere als ein entspannter Arbeitstag auf mich wartet. Die Kerze im Raum der Stille brennt und meine Kollegin, welche Nachtdienst hatte, steckt noch mitten in der Arbeit.

Das hohe Arbeitsaufkommen reißt auch am Vormittag nicht ab, so dass ich mich gegen Mittag völlig erschöpft auf den Bürostuhl im Dienstzimmer fallen lasse. Neben mir auf dem Schreibtisch liegt noch eine offene Packung mit Schokoriegeln, welche ich vorhin schon mangels Zeit zu frühstücken zur Hälfte geplündert hatte. Ich bediene mich gerade erneut an der Schokolade, als es an der Dienstzimmertür klopft und ich Frau L. vor der Tür stehen sehe. „Schwester Elisabeth, ich weiß, Sie haben heute furchtbar viel zu tun, aber ob Sie nachher vielleicht noch fünf Minuten Zeit für mich haben?" „Na klar! Ich habe auch gleich

Zeit." „Nein, das eilt nicht. Kommen Sie doch am besten, bevor sie gehen."

Als ich später Frau L. in ihrem Zimmer gegenüber sitze, wünscht sie mir ein schönes Wochenende, fragt, ob ich denn etwas Schönes geplant habe und trägt mir auf, mich gut zu erholen. „Das war der Grund, weshalb Sie mich noch mal sprechen wollten?" Ich schaue irritiert. „Ja, eigentlich schon. Obwohl ..." Sie macht eine Pause und holt tief Luft. „Ich habe gesehen, dass die Kerze im Raum der Stille brennt und ich habe mitgekriegt, dass es der Herr aus dem ersten Zimmer war, der verstorben ist." Sie holt noch mals tief Luft. „Jetzt wollte ich nur fragen, ob denn alles gut gegangen ist? Er hat es wohl hoffentlich nicht so schwer gehabt?" Als ich Frau L. anschaue, bemerke ich, dass ihre Augen glasig wirken. Das Gespräch scheint ihr schwer zu fallen. Ich setze gerade an, um zu antworten, als sie mich unterbricht. „Tut mir leid. Eine ganz dumme Frage von mir. Sie haben sicherlich auch Schweigepflicht, die Ihnen verbietet, auf so etwas zu antworten." Sie wendet sich zum Fenster, rückt ihren altrosa Hut zurecht und wischt sich über die Augen. „Wissen Sie, ich habe eines bei meiner Arbeit hier gelernt: So einzigartig und so besonders, wie jeder der Menschen war, die ich hier bereits begleiten durfte, so einzigartig und besonders war auch das

Sterben jedes Einzelnen dieser Menschen." Ich lege ihr die Hand auf die Schulter. Sie drückt meine Hand kurz und wendet sich mir dann wieder zu. „Danke, Elisabeth. Sie finden oft so schöne Worte. Jetzt gehen Sie aber auch schnell. Haben Sie nicht schon Feierabend? Ich wünsche Ihnen ein schönes Wochenende." „Das wünsche ich Ihnen auch. Bis Montag."

Tatsächlich, bemerke ich bei einem Blick auf die Uhr im Umkleideraum, ist es schon 20 Minuten nach Feierabend. Ich sehe vor meinem geistigen Auge, wie sich meine Mutter über ihre Tochter beschwert, der es unmöglich ist, sich an eine Verabredung zu halten. Um dies zu vermeiden, beeile ich mich und schaffe es somit, mich nur knappe zehn Minuten später an dem Küchentisch meiner Eltern niederzulassen. Mein Vater sitzt neben mir, heftet irgendwelche Rechnungen und Belege in Ordnern ab und gibt hin und wieder mal was in seinen Taschenrechner ein. Ich habe mir schon einen Kaffee eingeschenkt und frage mich, warum ich nicht so einen Ordnungssinn habe. Ich bin froh, wenn ich es überhaupt schaffe, solche Dokumente aufzubewahren. Meist stopfe ich alles, was ich für potentiell wichtig halte, in die oberste Schublade meiner Flurkommode, in der ich - es scheint mir manchmal wie verhext - nie das finde, was ich suche. Vielleicht liegt es aber auch daran, dass ich außerdem alles Mögliche (Halstücher, Kaugummis, Handcreme, Haargummis, Häkelblumen) in dieser Schublade verwahre, diese dadurch völlig überfüllt und unübersichtlich ist und ich den Verdacht habe, dass einiges nach hinten wegfällt. Ich finde es manchmal selbst furchtbar, dass ich so unordentlich bin und kriege trotzdem die Kurve nicht. Meine Mutter stellt den Kuchen auf den Tisch. „Sag mal, Hartmut, musst du den Papierkram hier jetzt machen? Ist dir eigentlich aufgefallen, dass deine Tochter hier ist und wir jetzt Kaffee trinken möchten?"

„Jawohl, wird sofort weggeräumt. Natürlich ist mir aufgefallen, dass mein Lieschen hier ist, gibt doch Linzer Torte." Mein Vater wuschelt mir über den Kopf, als er aufsteht, um seine Unterlagen ins Wohnzimmer zu bringen.

Meine Mutter legt mir ein großes Stück Kuchen auf den Teller und kommt direkt zur Sache. „So, Elisabeth, ich hoffe, du hast Weihnachten dieses Jahr jetzt mal frei." Nachdem ich geantwortet habe, dass dies leider nicht so sei, seufzt sie, sagt, das habe sie sich sowieso schon gedacht und gibt mir deutlich zu verstehen, dass ich jede Minute der Weihnachtszeit, in der ich nicht auf der Arbeit bin, mit meiner Familie zu verbringen habe.

Im Anschluss erwarten mich viele weitere unangenehme Fragen, welche ich größtenteils stotternd zu beantworten versuche. Hier ein kleiner Auszug: *Meine Mutter*: „Hast du denn mal einen netten Mann kennen gelernt?" *Mein Vater*: „Hast du alle Unterlagen für die Steuererklärung zusammen?" *Meine Mutter*: „Willst du dich vielleicht mal im Internet bei so einer Börse für Alleinstehende anmelden? So macht man das doch heutzutage." *Mein Vater*: „Hast du einen Freistellungsauftrag bei der Bank gestellt?" *Meine Mutter*: „Möchtest du denn gar keine eigenen Kinder? Ich würde mich ja so freuen, wenn ich noch mal Oma werden könnte." *Mein Vater*: „Weißt du, dass du nächsten Monat mit deinem Auto zum TÜV musst?"

So sehr ich meine Eltern liebe und weiß, dass alles nur gut gemeint ist, bin ich doch froh, als ich endlich gegen Abend zu Hause bin und keine Fragen mehr gestellt bekomme. In meinem Adventskalender ist eine kleine Flasche Wein. Ich fülle sie in ein Glas um und setze mich ans Küchenfenster. Um auf die Bergwiesen zu schauen, ist es schon viel zu dunkel, dafür habe ich jetzt einen Sternenhimmel über mir. Die einzelnen Sterne wirken ganz hell und lebendig auf mich. Ich muss an Frau L. denken. Ob sie wohl gerade auch aus dem Fenster schaut und den selben Himmel sieht wie ich?

6. Dezember

Als ich gegen Vormittag, nachdem ich es schweren Herzens geschafft habe, mein Bett zu verlassen, unter der Dusche stehe, fällt mir auf, dass ich noch gar kein Geschenk für Marie, die ja heute Abend Geburtstag feiert, habe. Ich habe natürlich auch keine Idee, womit ich ihr eine Freude machen könnte. Das ist ja mal wieder typisch für mich. Also werde ich wohl gleich noch mal in die Stadt fahren und hoffen, dass ich etwas Passendes finde. Als ich schon an der Tür stehe, klingelt das Telefon. Es ist eine Kollegin, die mich fragt, ob ich wohl gestern den zweiten Schlüssel für den Betäubungsmittelschrank mitgenommen hätte, da er seitdem nicht mehr auffindbar sei. „Nee, das kann eigentlich nicht sein", antworte ich, während ich zeitgleich in meiner Handtasche wühle und den vermissten Schlüssel vom Boden fische.

„Oh doch, ich habe ihn. Tut mir leid. Ich komme sofort vorbei und bringe ihn euch."

Meine Kollegin sitzt mit Frau L. und einem weiteren Hospizgast am Küchentisch. „Aha, Schwester Elisabeth kann sich wohl nicht trennen", lacht Frau L., als ich in die Küche trete.

„Sie haben mich durchschaut", lache ich zurück und werfe meiner Kollegin den Schlüssel zu. „Entschuldigung noch mal, ich hatte es gestern nach dem Dienst wohl zu eilig." „Kein Problem! Wir haben ja zum Glück noch einen zweiten Schlüssel", erwidert sie und verlässt mit der eben noch am Tisch befindlichen Dame den Raum, um deren Bitte, wieder aufs Zimmer begleitet zu werden, nachzukommen. „Haben Sie heute noch was Schönes vor?"

„Ich bin bei meiner Freundin zum Geburtstag eingeladen. Das Problem ist nur, dass ich noch kein Geschenk habe." „Ich bin mit meiner besten Freundin seit 55 Jahren befreundet. Das müssen Sie sich mal vorstellen. Ungefähr seitdem wir 30 sind, haben wir angefangen, uns jedes Jahr zum Geburtstag ein aktuelles Foto zu schenken. Natürlich in einem schönen Rahmen und ein Blümchen gab es meist auch noch dazu. Ich habe zu Hause im Flur eine Wand nur für diese Bilder reserviert. Mittlerweile sind es jetzt schon über 30 Rahmen. Ich habe sie mir zu gerne angeschaut, man kann sehen, wie sehr oder auch wie wenig wir uns verändert haben, aber vor allem zeigen sie, wie wertvoll und schön eine Freundschaft ist, die Beständigkeit hat." Sie steht auf und räumt ihre

Kaffeetasse in die Geschirrspülmaschine. „Ich hätte noch Platz gehabt an der Wand und ich hätte mir sehr gewünscht, dass ich noch viele Bilder hätte aufhängen dürfen." Eine Träne läuft langsam über ihr Gesicht. Ich stelle mich zu ihr und drücke ihre Hand. „Tut mir leid, dass ich so eine Heulsuse bin."

„Das muss Ihnen nicht leid tun. Das gehört doch dazu. Außerdem wette ich, dass ich eine noch viel größere Heulsuse bin." Sie drückt meine Hand zurück. „Im Dekoladen in der Rosentorstraße haben sie die schönsten Bilderrahmen, falls Sie tatsächlich einen besorgen möchten - und jetzt sehen Sie zu, dass Sie hier wegkommen." Sie wischt sich die Träne fort.

„Wird gemacht. Ich wünsche Ihnen auch noch einen schönen Tag." „Danke! Ich kriege heute noch so viel Besuch, dass es schon fast wieder ungesund ist." Sie lächelt und wendet sich zum Gehen. „Übrigens hatten wir gestern Abend hier über dem Hospiz einen wunderschönen Himmel. Ich habe bestimmt fast zwei Stunden am Fenster gesessen und in die Sterne geschaut. Aus irgendeinem Grund musste ich dabei an Sie denken." Sie winkt mir zu und verschwindet durch die Tür. Ich starre ihr hinterher und brauche noch ein paar

Minuten, um mich zu sammeln, bis ich wieder zu meinem Auto laufe.

„Danke, Lissy!" Marie wirkt sichtlich gerührt, als sie das gerahmte Foto von uns in den Händen hält. Ich bin eine Stunde vor offizieller Einladungsuhrzeit bei ihr eingetroffen, um noch ein bisschen beim Vorbereiten zu helfen. Außerdem konnte ich ihr so mein Geschenk überreichen, ohne dass es gleich von allen weiteren Gästen begutachtet wird.

„Komm, wir stoßen schon mal allein an." Marie macht eine Flasche Sekt auf, füllt zwei Gläser voll und reicht mir eines davon. „Auf dich!", proste ich ihr zu. „Auf uns!", erwidert sie und wir trinken beide einen großen Schluck. „Du hast Glück, dass du so früh da bist, da hast du noch freie Platzwahl", sagt Marie, während sie anfängt, kleine Kärtchen auf dem Tisch zu verteilen. „Verteilst du etwa Platzkarten? Meine Güte, man merkt aber, dass du schon wieder ein Jahr älter bist, deine Feiern werden ja immer spießiger." Ich knuffe sie in den Arm.

„Mach nur weiter so, dann kommst du allein an den Katzentisch." „Ach, das bin ich gewohnt. Früher wurden Doro und ich auf Feiern auch immer extra gesetzt, weil wir angeblich immer so laut und albern gewesen wären." „Das glaube ich aufs Wort", lacht Marie. „Apropos: Wie geht es Doro und den Jungs?" „Sie ist wie immer mega beschäftigt, aber anders kenne ich sie ja gar nicht. Wir haben es heute Nachmittag endlich mal nach mehreren Anläufen geschafft, zu telefonieren. Alle gesund, munter und gut drauf. Schau mal, die Ohrringe, die ich gerade trage, waren heute in dem Adventskalender, den ich von ihr geschickt bekommen habe." Bevor ich mich auf den Weg zu Marie gemacht habe, habe ich zu Hause noch den Kalender für den heutigen Tag geöffnet und ein paar Ohrstecker in der Form von Nikolausstiefeln herausgezogen, welche ich zwar etwas kindisch fand, doch aufgrund des Datums und des Umstandes, dass ich manchmal gerne kindisch bin, kurzentschlossen gleich angelegt habe. „Ja, ich habe schon gesehen. Die sehen echt niedlich aus. Doro hat auch immer tolle Ideen. Also, wenn es dir egal ist, setze ich dich hier an die Ecke neben Arne."

Arne ist Maries Bruder und ich kenne ihn folglich auch schon genauso lange wie Marie und hatte immer den Eindruck, dass wir auch ein besonderes Verhältnis hatten, welches jedoch nicht auf der langen Zeitspanne, seit der wir uns bereits kennen, basiert, sondern viel mehr auf einem zwischenmenschlichen Zusammenpassen oder Sich-Ergänzen. Manchmal hatte ich sogar den Eindruck, dass es zwischen uns funkt, aber vielleicht war das auch nur mein Eindruck, denn sonst wäre ja auch eventuell etwas mehr aus uns geworden. Ich habe Arne jetzt bestimmt schon seit über zwei Jahren nicht gesehen und wusste nur von Marie, dass er nach München gezogen war und dort glücklich mit Freundin und hochbezahltem Job vor sich hin lebte. „Ach, ist Arne zu Besuch?", frage ich mit möglichst desinteressiertem Unterton.

„Also, sag mal, habe ich dir das tatsächlich noch nicht erzählt? Er hat sich von seiner Freundin getrennt, seinen Job gekündigt und wohnt jetzt schon seit fast drei Monaten wieder hier." „Aha! Nee, ich wusste noch gar nichts von alledem." Ohne es zu wollen, bin ich direkt ein bisschen aufgeregt, was Marie, die mich einfach zu gut kennt, natürlich nicht entgeht.

„Na, ich merke schon, ich habe dir den richtigen Tischnachbarn ausgesucht", erheitert sie sich, worauf mir ad hoc keine passende Antwort einfällt, weshalb ich schnell meinen restlichen Sekt auf ex runter kippe und mich ganz für mich ein bisschen freue, weil ich heute Abend wirklich neben niemand anderem lieber sitzen würde.

7. Dezember

Ich schlage rasch die Augen auf. Irgendwo läutet mein Handy, dessen Klingelton mich immer in höchste Alarmbereitschaft versetzt, vor allem in Momenten, in denen ich noch geschlafen habe. Der Weckton des Handys wirkt leider bei mir nicht ansatzweise so gut, wie das Eingehen eines Anrufes, weshalb ich jetzt schon senkrecht im Bett sitze und mir größte Mühe gebe, mich zu sortieren. Trotz stechender Kopfschmerzen und dem dringenden Bedürfnis, mehrere Liter Wasser in mich hineinzuschütten, mache ich mich zuerst auf die Suche nach dem Handy, welches ich im Badezimmer auf dem Boden neben meiner Handtasche und einem zerknüllten Schokoladenriegelpapier finde. Mühsam entriegele ich die Tastensperre und erkenne schockiert, dass es bereits 14 Uhr ist, sieben Anrufe in Abwesenheit von Marie angezeigt werden und meine Mutter mir um acht Uhr morgens eine Kurznachricht mit einer Einladung zum Mittagessen geschickt hat. Kopfschüttelnd über mich selbst versuche ich, auf dem Badewannenrand sitzend, den gestrigen Abend gedanklich zu rekonstruieren, was mir jedoch leider nur bruchstückhaft gelingt. Ich ärgere mich über mich selbst und meinen völlig übertriebenen

Alkoholkonsum vom Vorabend, während ich mir eine Kopfschmerztablette aus dem Schrank wühle. Nach deren Einnahme und einer schnellen Dusche rufe ich Marie zurück.

„Sag mal, Lissy, geht es noch? Ich habe dich gefühlte tausend Mal angerufen. Warum rufst du jetzt erst zurück? Ich habe mir tierische Sorgen gemacht", legt sie sofort los.

„Ich habe bis eben geschlafen. Wieso hast du dir Sorgen gemacht?" „Du warst auf einmal weg, hast dich aber von niemandem verabschiedet. Wir wussten gar nicht, ob du jetzt nach Hause wolltest, geschweige denn, ob du da jemals ankommst. Du warst doch sehr betrunken und mir war es jetzt generell nicht recht, dass du in dem Zustand auf der Straße rumtaperst. Arne hat noch die ganze Straße abgesucht, aber du warst schon weg." Ah, jetzt fällt mir wieder ein, dass mir plötzlich furchtbar schlecht war und ich nur noch in mein Bett wollte. Ich habe mich dann wohl einfach auf den Weg gemacht. „Tut mir leid!", murmele ich, „bestimmt wollte ich mich verabschieden und habe dich nicht gefunden." „Genau. Meine Wohnung ist mit ihren 60 Quadratmetern ja dafür bekannt, dass Leute in ihr nicht mehr wieder aufzufinden sind." „Entschuldigung! Ich habe viel zu viel getrunken." „Das ist ja nicht so schlimm, aber nächstes Mal sagst du deiner besten Freundin Tschüss und lässt dir ein Taxi von ihr rufen, damit sie weiß, dass du gut nach Hause kommst." „Ja, du hast völlig recht. So und nicht anders mache ich das in Zukunft." „Na, ich will es hoffen." Marie klingt schon wieder etwas versöhnlicher. Wir telefonieren noch ein Weilchen, in dem Marie mir hilft, meine Gedächtnislücken zu schließen. Ich erinnere mich, dass es wirklich ein super schöner Abend war, bis zu dem Zeitpunkt, an dem es mir nicht mehr so ganz gut ging. Es war vor allem wegen meines Tischnachbarn schön. Wir haben viel gelacht und ich hatte gleich wieder so ein vertrautes, besonderes Gefühl zwischen uns wahrgenommen. „Und Arne hat tatsächlich die Straße nach mir abgesucht?" „Ja, der hat sich auch Sorgen gemacht. Wir alle haben uns Sorgen gemacht. Er hat aber nur noch im Treppenhaus deinen Ohrring gefunden, den hast du wohl bei deiner Flucht verloren." Ich fasse mir ans Ohr, tatsächlich, der linke von den kleinen Nikolausstiefeln fehlt.

„Er hat noch gesagt: ‚Das ist ja wie im Märchen. Die Prinzessin ist plötzlich weg, nur auf der Treppe liegt noch ein Schuh von ihr.'"„Die Prinzessin, hat er gesagt?", frage ich noch einmal nach und versuche dabei möglichst desinteressiert zu klingen. „Ja, das freut dich wohl. Ich weiß auch nicht, was da zwischen euch ist, war ja früher schon immer so, dass ich dachte, aus euch wird noch mal was. Aber ich halte mich da raus. Er hat den Ohrstecker mitgenommen, weil er dir den persönlich wiedergeben wollte. Ich habe ihm daraufhin deine Nummer gegeben, damit er sich bei dir melden kann."

„Oh, okay." Ich merke gleich, wie sich meine Pulsfrequenz erhöht, die vom gestrigen Alkoholkonsum sowieso noch nicht so ganz wieder in der Norm ist.

„Macht was draus, wenn ihr wollt. So, Lissy, ich muss jetzt meine Bude aufräumen und für morgen noch was für die Arbeit vorbereiten. Du legst dich am besten noch mal hin. Du klingst nämlich immer noch reichlich verkatert." „Mach ich. Danke. War schön gestern."

„Das will ich doch hoffen. Bis bald."

Ich bleibe noch eine Zeit lang auf dem Badewannenrand sitzen und starre auf mein Handy. Arne hat meine Nummer und will sich bei mir melden. Das hätte ich gestern um die Uhrzeit noch nicht geglaubt, wenn es mir jemand erzählt hätte. Irgendwann schleppe ich mich aber doch aufs Sofa und verbringe dort mit Handy, Laptop und den Pralinen, welche sich heute im Adventskalender befanden, den restlichen Tag. Als ich mich abends nach der Sonntags-Schmonzette, bei der mir fast ununterbrochen die Tränen der Rührung flossen, ins

Bett begebe, bin ich doch ein bisschen enttäuscht, dass Arne sich nicht gemeldet hat. Ich rufe mich sicherheitshalber mit meinem Festnetztelefon einmal auf Handy an, um einen technischen Defekt auszuschließen, was mir leider auch gelingt. Er ruft bestimmt morgen an, muntere ich mich selbst auf und falle dann in einen unruhigen Schlaf.

8. Dezember

Verschlafen werfe ich einen Blick auf mein Handy, dessen Display mir anzeigt, dass es bereits kurz nach neun Uhr morgens ist. Zu meinem Bedauern zeigt es mir ebenfalls an, dass ich weder einen Anruf noch eine Nachricht erhalten habe. Ich vertrödele den Vormittag unter der Dusche und am Küchenfenster sitzend, bis ich mich mittags elanlos in mein Auto schwinge und ins Hospiz fahre. Vor mir liegen sieben Tage Spätdienst am Stück, ein Umstand, der meine Laune, die sich sowieso so anfühlt, als wäre sie im Bett liegen geblieben, nicht gerade steigen lässt. Vor der Hospiztür steht eine Frau mit einem kleinen Mädchen an der Hand. Sie macht einen sehr angespannten Eindruck und hebt zögerlich ihre Hand zum Klingelknopf. „Guten Tag, soll ich Sie mit reinnehmen?", spreche ich sie an. „Äh, ja, gerne. Wir wollten meine Mutter besuchen." „Dann schließe ich uns mal auf. Ich bin die Schwester Elisabeth, die heute Nachmittag im Dienst ist. Wer ist denn Ihre Mutter?" „Meine Oma ist die schönste Oma von allen und die trägt immer ganz tolle Hüte", sprudelt das Mädchen hervor, bevor ihre Mutter antworten kann. „Ach so", sage ich. „Na, dann weiß ich natürlich, wer deine Oma ist. Ich vermute mal, dass sie L. mit Nachnamen heißt." „Genau", lächelt die Mutter.

Ich schließe die Tür auf und begleite die beiden zu Frau L.s Zimmer. Das Mädchen stürmt direkt unter „Oma"-Rufen ins Zimmer und ich höre Frau L. laut lachen. Ich muss selbst etwas lachen und verschwinde erst mal in Richtung Umkleide.

Als ich später an Frau L.s Tür klopfe, um nach ihr zu schauen und mich als heutigen Spätdienst vorzustellen, finde ich ein geradezu idyllisches Bild vor. Frau L. sitzt mit ihrer Enkelin auf dem Schoß am Tisch, ihre Tochter sitzt daneben und hat den Arm um sie gelegt.

Alle drei blättern in einem rosa Fotoalbum mit Prinzessinnenaufdruck. „Ach, schaut mal. Das ist die Schwester Elisabeth!", ruft Frau L. fröhlich, als sie mich entdeckt. „Hallo! Ich wollte mich nur bei Ihnen zum Dienst melden und schauen, ob ich irgendwas Gutes für Sie und Ihren Besuch tun kann." Frau L. kommandiert mich direkt zum Tisch und macht mich noch einmal ganz offiziell in ihrer äußerst verbindlichen Art mit ihrer Tochter und anschließend ihrer Enkelin bekannt, welche sich allerdings selbst als „Emilia, du kannst aber auch Emmi sagen, das machen eigentlich alle, außer meiner Lehrerin Frau Berg" vorstellt. Das gerade in Betrachtung befindliche Fotoalbum enthält Bilder von Emilias Einschulung, was ihr die Möglichkeit bietet, mich Frau Berg gleich in Augenschein nehmen zu lassen und mir die Meinung, noch nie eine so streng wirkende Frau gesehen zu haben, zu entlocken. Mit diesem Kommentar scheint die kleine Emilia völlig zufrieden und ich lasse die drei auf ihren Wunsch hin wieder allein.

Am frühen Abend verabschiedet sich Frau L.s Besuch. „Ich habe für Emmi und mich eine Pension hier um die Ecke gebucht. Ich habe sie für die Woche in der Schule entschuldigt und wir werden voraussichtlich bis Sonntag bleiben. Wir wohnen ja leider fast 300 Kilometer entfernt und es hat mir beinahe das Herz zerrissen, meine Mutter in dieser Situation allein zu lassen", wendet sich die Tochter im Dienstzimmer an mich, während Emilia sich noch von ihrer

Großmutter verabschiedet. „Sie hätten auch gerne hier im Hospiz übernachten können."

„Ich weiß. Aber ich glaube, so ist es die bessere Lösung für uns. Meine Mutter wollte erst gar nicht, dass wir kommen und erst recht nicht, dass ich Emmi aus der Schule nehme. Aber diese Entscheidung habe ich jetzt allein getroffen. Sie ist halt eine sehr selbstbestimmte, starke Persönlichkeit und möchte niemandem Umstände machen oder gar zur Last fallen. Ich hätte mir sehr gewünscht, dass sie zu uns gekommen wäre, als sie krank wurde oder zumindest zu dem Zeitpunkt, als gesagt wurde, dass es sinnlos ist, weiter zu therapieren, aber sie hat da ihren eigenen Kopf." Sie macht eine kleine Pause und atmet tief durch. „Es scheint ihr gut zu gehen im Moment. Meinen Sie, wir haben noch etwas Zeit zusammen?" Ihre Augen werden feucht. „Ich habe auch den Eindruck, dass es ihr momentan gut geht und ich glaube, dass sie sich wahnsinnig freut, dass Sie hier sind. Leider kann ich Ihnen nicht sagen, wie ihre Erkrankung fortschreitet, auch wenn ich es noch so gern tun würde." Emilia kommt den Flur entlang gewetzt. „Komm, Mama!", ruft sie ihrer Mutter zu und zerrt sie aus dem Dienstzimmer. „Danke. Bis morgen", verabschiedet sich diese noch schnell, während ihre Tochter schon draußen steht und mir dann doch aber auch noch zuwinkt. „Tschüss Elisabeth! Pass gut auf Oma auf!" Ich nicke und winke zurück. Ich habe selbst glasige Augen, als ich den beiden hinterher schaue und widme mich schnell wieder dem Richten der Abendmedikation, mit dem ich vorher beschäftigt war.

Als ich am späten Abend noch mal bei Frau L. hereinschaue, sortiert sie gerade ein paar Fotos auf dem Nachtschrank um. „Bevor Sie jetzt gleich wieder fragen, ich brauche keine Hilfe und habe auch sonst keine Wünsche zur Nacht", begrüßt sie mich gleich. „Aber wenn Sie Zeit haben, könnten Sie sich kurz zu mir setzen. Ich habe eine Frage." „Na klar", antworte ich und setze mich in den Lehnstuhl am Fenster. „Wie war denn Ihr Wochenende? Ist irgendwas passiert?" Ich schaue sie auf ihre Frage hin, mit der ich nicht gerechnet hatte, entgeistert an. „Ich frage nur, weil mir aufgefallen ist, dass Sie anders aussehen, irgendwie heller, vielleicht auch glücklicher." „Ja, danke", entgegne ich immer noch ganz perplex. „Meine Freundin hat ja am Samstag Geburtstag gefeiert und wir hatten einen schönen Abend. Ihre Idee mit dem gerahmten Bild ist übrigens super angekommen." „Dann haben Sie ihr tatsächlich ein Foto geschenkt. Ach wie schön!" Frau L. sieht ganz begeistert aus. „Ja, sie hat sich auch sehr gefreut." „Und sonst? Haben Sie jemanden Nettes kennengelernt?" Ich starre sie an. „Ja, tatsächlich, oder besser gesagt habe ich jemanden Nettes wiedergetroffen." „Sehen Sie, und genau das habe ich Ihnen angesehen. Da freue ich mich aber für Sie." „Danke. Ich weiß jetzt gar nicht, was ich sagen soll", stammele ich. „Ach, da müssen Sie gar nichts zu sagen. Sie dürfen mich auch nicht immer so für voll nehmen. Erstens habe ich als Hobby Psychoanalyse und zweitens bin ich total neugierig und ich dachte, bei Ihnen kann ich mir das mal erlauben zu fragen. Oder bin ich viel zu indiskret Ihnen gegenüber?" „Nein, Sie können mich gerne fragen. Ich war nur völlig überrascht", antworte ich wahrheitsgetreu. „Na, dann bin ich ja beruhigt. Ich wünsche Ihnen einen schönen Feierabend. Wir sehen uns morgen." „Danke, ich wünsche Ihnen auch noch einen schönen Abend." Ich hangele mich aus dem Lehnstuhl hoch und verlasse immer noch über das Gespräch verwundert ihr Zimmer.

Zuhause versuche ich verzweifelt vor dem Badezimmerspiegel meine optische Veränderung in Richtung *glücklich* zu erkennen, was mir jedoch nicht wirklich gelingt.

Vielleicht liegt das aber auch daran, dass das ganze Glücksgefühl schon fast wieder verschwunden ist, da weder mein Handy noch mein Festnetztelefon einen eingegangenen Anruf oder eine Nachricht von Arne aufweist.

„Wahrscheinlich hat er nur aus Spaß oder aus einer Laune heraus gesagt, dass er sich melden will. Ich interpretiere sowieso immer in jedes Wort mehr hinein, als es wirklich aussagt", überlege ich mir selbst, während ich meine Zähne putze und den kleinen einsamen Stiefelohrring auf der Waschbeckenablage betrachte.

Auf dem Weg ins Bett mache ich noch einen Abstecher zu meinem Adventskalender und ziehe für den heutigen Tag ein kleines Büchlein mit der Aufschrift „Kleine Bettlektüre für alle, die den Harz lieben" heraus. Ich muss lächeln und schlage die erste Seite auf, die, wie ich es erwarte hatte, mit einer Widmung von Doro versehen ist. „Habe das Buch gesehen und sofort an dich gedacht, da ich persönlich niemanden kenne, der den Harz so sehr liebt, wie du. Außerdem soll dich das Buch daran erinnern, dass man auch im Winter prima wandern kann und nicht nur arbeiten und in der Bude sitzen muss. Gruß und Kuss, Deine Doro".

„Danke Doro", flüstere ich leise und gehe mit der Bettlektüre an den Platz, den ihr Name als Aufenthaltsbestimmungsort vorgibt.

9. Dezember

„Immer noch keine Nachricht von Arne", denke ich bei mir, als ich gegen Mittag den Berg zum Hospiz hochfahre und kann die Enttäuschung, die dabei in mir hochsteigt, nur schwer unterdrücken. Als ich etwas später mit Kaffee im Dienstzimmer sitze und auf die Übergabe meiner Kollegen warte, kann ich meine getrübte Laune immer noch nicht so wirklich ablegen, bis die Tür aufgeht und Jenny hereinkommt. „Ich wusste ja gar nicht, dass wir heute zusammen Dienst haben!", rufe ich ihr zu. „Konntest du auch nicht wissen, Hase. Ich habe getauscht", lacht sie. Eigentlich hasse ich es, wenn Leute mich mit Kosenamen wie „Hase", „Schätzchen" oder „Süße" ansprechen, noch schlimmer empfinde ich nur „Fräulein" oder „Madame".

Bei Jenny mache ich da allerdings eine Ausnahme, weil wir uns auch schon lange kennen und vor allem, weil es bei ihr niemals aufgesetzt oder albern klingt, sondern einfach zu ihrem persönlichen Jargon passt. „Ich hoffe, wir haben heute einen ruhigen Dienst", fügt sie augenzwinkernd hinzu. Meistens ist es nämlich so, dass Jenny und ich das Chaos anziehen, wenn wir gemeinsam arbeiten. Schnell stellt sich heraus, dass dies auch heute der Fall ist.

Wir flitzen nur auf dem Flur aneinander vorbei und haben kaum Zeit für ein persönliches Wort, bis wir schließlich gemeinsam beim Abendbrot sitzen und etwas Ruhe eingekehrt ist. Die Ehrenamtlichen haben Pizza gebacken, was zur Folge hat, dass wir eine volle Tafel haben. Auch Frau L.s Besuch hat heute meine Einladung zum gemeinsamen Essen angenommen, da Emilia laut eigener Aussage für ihr Leben gerne Pizza isst und es ihr zusammen mit Oma sowieso immer am besten schmeckt.

Es ist eine heitere Runde, bei der festgestellt wird, dass fast jeder unserer Gäste auf seinem Abendbrot-Tablett im Krankenhaus bei früheren Aufenthalten eine Scheibe Graubrot und Teewurst vorgefunden hatte, obwohl niemand von ihnen Teewurst ausstehen konnte.

Wir müssen zwischendurch alle viel lachen und als wir die Runde auflösen, müssen wir uns ganz schön sputen, unsere Arbeit zu schaffen, weil wir doch ein Weilchen zu lange gesessen haben. Frau L. hat sich direkt nach dem Abendbrot schon bettfertig gemacht und begrüßt mich bereits im Schlafanzug, als ich noch mal zu ihr hereinschaue. „Vielen

Dank für den schönen Abend." „Ich habe nicht viel gemacht." „Das kann man so oder so sehen, außerdem sage ich Danke, wann es mir beliebt", erwidert sie lächelnd.

„Wollen wir uns morgen vorm Dienst zum Frühstücken treffen?", fragt Jenny, als wir abgekämpft nach Dienstende zu unseren Autos gehen. „Klar, können wir machen." „Gut, Mäuschen. Dann bist du um halb elf bei mir", sagt Jenny bestimmt und sitzt, bevor ich widersprechen kann, schon in ihrem Auto und lässt den Motor an.

Ich gehe zu Hause erst mal unter die heiße Dusche, schmeiße mich in bequeme Klamotten und mache mir dann an meinem Adventskalender zu schaffen. Ich hole eine kleine Kerze hervor, welche ihrer Aufschrift her nach zu urteilen nach „Winter-Wunderland" duften soll. „Wie duftet wohl ein Winter-Wunderland?", frage ich mich, während ich die Kerze aus ihrer Verpackung befreie, um an ihr zu riechen. Ich habe gerade festgestellt, dass ein Winter-Wunderland wohl ein ganz grenzwertiges Aroma nach billiger Seife und Vanille absondert, als das Telefon klingelt. Vor Schreck hätte ich fast meine neue Kerze fallen lassen und merke sofort, wie ich nervös werde. Wer ruft mich denn um diese Uhrzeit noch an? Kann das Arne sein? Ich hechte wie eine Verrückte zum Telefon. „Hey Lissy! Ich bin es." „Ach Doro! Du bist das." Ich glaube, ich klinge ungewollt etwas enttäuscht. „Sag mal, wen hattest du denn am Telefon erwartet um die Uhrzeit?" „Niemanden! Ich dachte nur, es wäre was passiert", weiche ich aus. Ich hätte mir eigentlich denken können, dass Doro die Anrufende ist. Ich sende ihr nämlich immer meinen Dienstplan aufs Handy und wenn ich Spätdienst habe, ruft sie mich oft danach noch zu später Stunde an. „Na, ich weiß nicht, ob ich dir das so glauben kann. Mir scheint eher, du hast auf einen anderen Anruf gewartet und willst jetzt deiner unglaublich weisen und natürlich auch stets besorgten großen Schwester erzählen, was es damit auf sich hat." „Habe ich noch eine große Schwester? Das mit dem unglaublich weise ist mir bis jetzt nämlich noch gar nicht aufgefallen. Unglaublich neugierig habe ich allerdings schon des Öfteren bemerkt." Wir müssen beide lachen und weil ich Doro sowieso nichts verheimlichen kann, erzähle ich ihr, was passiert ist, wobei mir selbst auffällt, dass zwischen Arne und mir ja eigentlich gar nichts passiert ist. Zumindest nichts, dass es rechtfertigen würde, dass ich gestern Abend schon mal unsere Hochzeit in den Grundzügen geplant habe.

Doro hört mir trotzdem geduldig zu und baut mich hinterher mit ein paar netten Kommentaren auf. Alle in der Art: „Er meldet sich bestimmt noch." „Ich habe mir schon früher gedacht, dass Arne total in dich verliebt ist." „Wer dich nicht will, ist selbst schuld!"

Ich fühle mich tatsächlich dadurch ein bisschen besser und nachdem Doro mir das Versprechen, sie auf dem Laufenden zu halten, abgerungen hat und wir auch noch ein ganzes Weilchen über die Zwillinge gequatscht haben (Doro meint übrigens, dass ein Experimentierkasten oder ein Kinderlexikon ein schönes Weihnachtsgeschenk wäre. Hauptsache, nicht so ein Actionfiguren-Plastikkram, besonders nicht von diesen gehirnamputierten und gewalttätigen Schildkröten), falle ich todmüde ins Bett.

10. Dezember

Fast hätte ich heute meine Frühstücksverabredung verschlafen. Das kommt davon, wenn man bis in die Nacht telefoniert. Ich krame hektisch meine Handtasche durch, ob sich Schlüssel, Portemonnaie und Handy in ihr befinden. Leider dauert das bei mir immer ewig, weil meine Handtasche bis obenhin vollgestopft ist mit so unverzichtbaren Dingen wie Taschentüchern,

Bonbonpapieren, Handcremes, Stiften, Kassenbons, Parktickets ... Ich ärgere mich mal wieder über meine eigene Unordentlichkeit und beschließe, heute Abend nach der Arbeit wenigstens mal meine Tasche zu entmüllen. „Ordnung fängt im Kleinen an", predigt mein Vater mir schließlich schon seit Jahrzehnten.

Letztendlich schaffe ich es aber doch, mit einer Verspätung von lediglich 10 Minuten bei Jenny einzutreffen.

„Sag mal, Lissy, was ist denn jetzt eigentlich bei dir mit den Männern los?", fragt Jenny mich, als ich kurze Zeit später gerade in mein Schokocroissant beißen will. Ich verschlucke mich direkt und schaue sie irritiert an. „Du bist ja wie meine Mutter." Jenny lacht. „Nee, im Ernst mal. Mein Nachbar, der unter mir wohnt, hat gefragt, ob du Single bist. Er würde dich gerne kennen lernen." Ich gucke noch irritierter. „Welcher Nachbar? Ich kenne gar keinen Nachbarn von dir." „Er hat uns wohl letzte Woche zusammen in der Stadt gesehen und hat mich deshalb nach dir gefragt. Ich hatte erst schon überlegt, ob ich am Wochenende eine kleine Feier mache und euch beide einlade." Jetzt verschlucke ich mich schon wieder. „Nein, danke! Ich habe am Wochenende Spätdienst, außerdem hatte ich erst letztes Wochenende so eine Feier in der Art." „Aha." Jenny guckt ein bisschen schmollend. „Er ist wirklich nett. Du kennst ihn doch auch gar nicht. Außerdem bist du jetzt auch schon über ein Jahr solo. Ich dachte, ich könnte euch beiden eventuell einen Gefallen tun." Ich merke, dass ich sie ein bisschen vor den Kopf gestoßen habe und willige nach langem Hin und Her ein, nächste Woche mit ihr und dem Nachbarn auf den Weihnachtsmarkt zu gehen. „Da freue ich mich jetzt schon drauf", sagt Jenny, als sie mich später zur Verabschiedung in den Arm nimmt. „Ja, ich auch. Ich liebe Kuppeleien", erwidere ich mit ironischem Unterton. „Das wird super! Wirst du schon sehen. Ruhigen Dienst!"

Als ich wenig später auf den Hospizflur trete, sehe ich gerade, wie Frau L. die ältere, stets leicht verwirrte Dame aus Zimmer zwei untergehakt hat und sie stützend in Richtung Küche begleitet. Ich gehe auf sie zu. „Sagen Sie mal, Sie sollen sich hier nicht um die anderen Gäste kümmern. Warum melden Sie sich nicht bei uns?" „Aber Frau M. stand schon auf dem Flur und wusste nicht, wo sie lang muss und ich bin doch sowieso hier gerade lang gegangen." „Ja, das ist ja auch sehr nett von Ihnen, aber stellen Sie sich mal vor, eine von Ihnen beiden stürzt." „Sie haben da eine sehr nette Mutter. Ich hoffe, dass wissen Sie zu schätzen. Sie wollte mit mir eben in die Küche, einen Hefezopf backen. Es war alles wunderbar, bis Sie hier mit ihrem Gemeckere um die Ecke kamen", schaltet sich Frau M. ein.

Ich muss ungewollt grinsen und begleite die beiden noch zur Küche. „Sehen Sie, hat doch alles gut geklappt", sagt Frau L. schließlich, als sie mehrere Backutensilien vor Frau M. ausbreitet, die wie eine Königin im höher gestellten Sessel am Tisch thront. „Außerdem sagen Sie doch immer irgendwas von ‚selbstbestimmt‘ und wir haben uns eben nun mal eigenständig und selbstbestimmt auf den Weg zur Küche gemacht." „Und jetzt backen wir einen ganz eigenständigen Hefezopf nach dem Geheimrezept meiner Mutter", guckt mich Frau M. triumphierend an. „Jawoll, das sollen Sie auch machen", lächele ich sie an und lege die Funkklingel mit der Bitte um Benutzung auf den Tisch.

Später am Nachmittag wird der Hefezopf gemeinschaftlich verzehrt. Er schmeckt etwas eigenwillig, aber dennoch ganz gut und ich hüte mich, Kritik an dem Geheimrezept zu üben. Tochter und Enkeltochter sitzen auch mit uns am Tisch und fahren anschließend mit Frau L. in die Stadt um auf den Weihnachtsmarkt und anschließend etwas essen zu gehen.

Ich merke, dass sie vorher zögerlich auf den Vorschlag ihrer Tochter einen Ausflug zu machen, reagierte. Aber als sie nun spät abends zurück ins Hospiz kehrt hat sie rote Wangen und leuchtende Augen. „Wissen Sie", beginnt sie ein Gespräch mit mir, als ich ihr die Nachtmedikation auf ihr Zimmer bringe, „es gibt kaum glücklichere Momente, als wenn ich kurz vergessen kann, in was für einer misslichen Lage ich mich befinde. Ich habe Gänsekeule gegessen und drei Glühwein mit Schuss getrunken. Emmi hat noch nie Esskastanien gegessen, deshalb habe ich ihr welche gekauft und einen Holzengel am Kunsthandwerker-Stand. Sie hat sich so gefreut. Später im Auto hat sie ihn noch mal angeschaut und zu mir gesagt: „Omi, der Engel ist so wunderschön. Ich werde ihn zu Hause in mein Zimmer stellen und immer an dich denken, wenn ich ihn anschaue. Mein ganzes Leben lang!" Da ist es mir wieder eingefallen, dass wir überhaupt nicht in meine Wohnung fahren, sondern ins Hospiz und dass ich alsbald meine Medikamente nehmen muss, weil ich sonst wieder so starke Schmerzen bekomme, dass ich mich nicht bewegen kann. Da ist es mir wieder eingefallen, dass ich so schwer krank bin, dass ich bald sterben werde." Ich habe mich auf den Sessel gesetzt und höre ihr zu. „Das ist doch total scheiße! Ich hätte so gerne noch etwas mehr Zeit gehabt. Für mich, für meine Tochter, für Emmi, für meine Freunde. Stattdessen bin ich hier und erwarte mein Ende." Die Tränen laufen wie im Fluss aus ihren Augen. Ich stehe auf und lege meine Hand auf ihre Schulter. So stehen wir ein paar Minuten und Frau L. weint still. Schließlich schüttelt sie meine Hand ab und wischt sich über die Augen. „Es geht schon wieder. Es ist manchmal nur ein kurzer Moment, in dem mich meine Emotionen einholen. Danke fürs Zuhören. Ich wünsche Ihnen gleich einen schönen Feierabend." Frau L. schiebt mich zur Tür.

„Bis morgen. Schlafen Sie schön." Ich schließe die Tür leise hinter mir.

11. Dezember

Gestern bin ich direkt nach meinem Eintreffen zu Hause ins Bett gefallen. Ich war so müde, dass ich sogar meinen Adventskalender vergessen habe. Dafür fällt er mir heute nach dem Aufwachen direkt ein. Na ja, mein erster Gedanke gilt, wie schon die Tage zuvor, Arne und der Hoffnung, dass er sich gemeldet haben könnte. Aber diese Hoffnung bleibt weiterhin unerfüllt und somit tröste ich mich gleich morgens mit dem Gedanken, heute zwei Säckchen meines Kalenders öffnen zu dürfen. Ich schlurfe deshalb direkt nach dem

Zähneputzen ins Wohnzimmer und mache mich am Kalender zu schaffen. Ich hole aus dem einen Säckchen einen Block Schokolade am Stiel, der in Milch aufgelöst ein köstliches Heißgetränk werden soll und aus dem anderen Säckchen ein kleines Gläschen, welches laut Aufschrift einen erdnusbutterartigen Aufstrich in der Geschmacksrichtung „Spekulatius" enthält, welcher jedes Frühstück zu einem besonderen Moment werden lässt. Ich gehe in die Küche, mache mir Milch warm und setze mich schließlich mit meinem köstlichen Heißgetränk (wirklich sehr lecker) und einem Brot mit Spekulatiusaufstrich (super klebrig, super süß und sehr gewöhnungsbedürftig) ans Küchenfenster. Obwohl der Himmel heute größtenteils mit Wolken bedeckt ist, sieht er trotzdem sehr schön aus und schafft es, bei mir eine melancholische Stimmung hervorzurufen. Ich denke an Frau L. und unser gestriges Gespräch und ich denke an Arne. Ich verstehe nicht, dass er sich nicht meldet. Er hätte den Ohrring ja gar nicht mitnehmen müssen. Aber so zu tun, als wolle er sich persönlich mit mir treffen und sich dann gar nicht zu melden. Sowas kann ich gar nicht leiden. Die Klingel reißt mich aus meinen Überlegungen. Ich erschrecke mich natürlich und habe als ersten Gedanken, dass es Arne ist, der zufällig in der Gegend war. Ich sprinte zur Tür und will meine Gegensprechanlage benutzen, als ich höre, dass es schon direkt an meiner Wohnungstür klopft. Da ahne ich eigentlich schon, wer es ist und sehe nach dem Öffnen der Tür, dass ich mit meiner Ahnung richtig lag: Vor der Tür steht Frau Braun und hält ihre Kompressionsstrümpfe in der Hand.

„Ich hoffe, ich habe Sie jetzt nicht gestört. Ich wollte Sie bitten, mir mal zu helfen. Ich komme einfach nicht in diese ollen Strümpfe rein und Sie können das doch immer so gut."

„Kommen Sie rein." „Na, Sie haben wohl jemand anderes erwartet." Mir merkt man aber auch alles sofort an, ärgere ich mich. „Nein, habe ich nicht. Waren die Schwestern vom ambulanten Dienst heute nicht da, um Ihnen mit den Strümpfen zu helfen?" „Ach, die kommen ja schon immer so früh. Da bin ich manchmal noch im Nachthemd und habe meine Zähne noch nicht gemacht. Das ist mir dann auch unangenehm." „Kommen die nicht jeden Tag zur gleichen Uhrzeit?" „Ja, schon. Aber manchmal, wenn ich die Nacht nicht so gut geschlafen habe, muss ich halt am Morgen ein bisschen länger schlafen. Das ist halt so im Alter. Da kommen Sie auch noch hin, Kindchen." Frau Braun hat es sich schon auf dem Sofa gemütlich gemacht und ihre Beine hochgelegt, damit ich ihr in die Strümpfe helfe. „Und dann haben die Mädchen ja so einen Zeitdruck. Die müssen jede Minute aufschreiben. Da ist keine Zeit für ein persönliches Wort oder um mal selbst zu verschnaufen. Die freuen sich auch, wenn ich sie morgens manchmal wieder wegschicke, dann müssen sie nicht ganz so hetzen. Wirklich grauenhaft! Das soll unser Gesundheitssystem sein! Habe ich Ihnen eigentlich schon erzählt, dass ich dieses Jahr die ganzen Feiertage bei meinem Sohn verbringe?" Frau Braun sitzt eine geschlagene Stunde auf meinem Sofa und plappert ohne Unterlass. Sie hätte dort vermutlich auch noch länger gesessen, wenn ich nicht mehrfach darauf aufmerksam gemacht hätte, dass ich bald zur Arbeit muss. Zum Dank überreicht sie mir an der Tür eine Häkelrose und zwei Hustenbonbons, die sie ganz überraschend aus ihrer Strickjackentasche zaubert. Ich werfe diese schönen Geschenke wie üblich in die oberste Schublade meiner Flurkommode und mache mich langsam auf den Weg zur Arbeit. Im Auto denke ich noch kurz darüber nach, mir ein zweites Standbein durch den Internetvertrieb von Häkelblumen aufzubauen, verwerfe diese Idee dann aber gleich lachend wieder, als ich das Gesicht meiner Kollegin sehe, nachdem ich ihre Meinung zu dieser Businessidee eingeholt habe.

Kurz nach unserem Dienstantritt stirbt Frau M. Ihr Allgemeinzustand hat sich in der Nacht plötzlich akut verschlechtert, so dass die Kollegen heute früh Frau M.s Sohn angerufen haben, welcher seitdem am Bett seiner Mutter saß und sie begleitet hat. Jetzt steht er vor ihrer Zimmertür und weint hilflos wie ein kleiner Junge. Ich hole ihn ab und wir gehen gemeinsam in den Raum der Stille, wo er die Kerze für seine Mutter anzündet und einen Moment für sich allein erbittet. In dieser Zeit versorgen meine Kollegin und ich die verstorbene Frau M. Wir waschen sie mit warmem Wasser, cremen ihre Beine ein, bürsten vorsichtig das graue, dünn gewordene Haar und legen ihren Lieblingsduft 4711 auf. Wir machen alles so, wie sie es immer gerne mochte und ziehen ihr zum Schluss ihr Lieblingskleid an, welches der Sohn uns herausgelegt hatte.

Manchmal fragen mich Leute, ob man nicht *abstumpft*, wenn man so lange im Hospiz arbeitet. Ich bin betroffen bei jedem Sterbenden, den ich begleiten durfte. Betroffen, aber auch dankbar. Dankbar, dass ich diesen intimen Moment mit ihm teilen durfte. Dankbar, wenn es mir möglich war, den Weg ein bisschen leichter zu machen. Dankbar, dass mir dadurch immer wieder selbst deutlich wird, wie endlich unser aller Leben ist und wie wichtig es ist, den Fokus auf die Dinge zu legen, die wirklich von Bedeutung sind.

Als ich Frau M.s Trinkbecher, der noch auf dem Nachtschrank stand, auswasche und in die Geschirrspülmaschine räume, fällt mein Blick auf die Reste vom Hefezopf, die zerkrümelt unter Frischhaltefolie auf einem Teller neben der Kaffeemaschine stehen. Ich merke, wie ich einen Kloß im Hals bekomme, lächele aber schließlich über die Erinnerung des gestrigen Tages und mit was für einem Eifer Frau M. ihn zubereitet hat.

Frau L. war wieder mit ihrer Tochter und Enkelin unterwegs gewesen. Sie waren beim Wildgehege einen Ort weiter und haben erst die Rehe und danach noch sich selbst gefüttert, berichtet Emilia mir, als sie abends wieder zurück ins Hospiz kehren. „Ja, so war es. Und jetzt lasst eure arme, kranke Oma endlich mal alleine, damit sie sich ausruhen kann", schmeißt Frau L. lachend die beiden kurz danach raus und kommt direkt im Anschluss zu mir ins Dienstzimmer. „Ich habe gesehen, dass Frau M. heute verstorben ist. Wissen Sie, sie hat gestern während des Backens noch zu mir gesagt, dass sie bald ausziehen wolle. Sie sagte, ihr Koffer sei gepackt und alles Wichtige wäre erledigt und vom Tisch. Als ich sie fragte, wohin sie denn wolle, hat sie mir geantwortet, das wisse sie noch nicht genau. Sie möchte erst noch schauen, wo es am schönsten ist und da bleibt sie dann auch. Dann hat sie mir alles Gute gewünscht. Ich denke, sie wusste, dass sie stirbt. Aber sie wirkte dabei so angstfrei und so leicht, dass ich fast ein bisschen neidisch war." Sie macht eine kleine Pause. „Ich bin auf meinem Zimmer und erwarte Sie noch mal zum Gute-Nacht-Sagen nachher." Sie winkt mir zu und ist verschwunden. Als ich kurz vor Dienstschluss bei ihr reinschaue, bittet sie mich, mich zu setzen. „Was ist denn eigentlich mit ihrer Bekanntschaft, die sie wiedergetroffen haben?", fragt sie mich ohne Umschweife. „Ach ja, nichts", antworte ich. „Er hat sich einfach nicht mehr gemeldet." „Aha, hatten Sie mit ihm verabredet, dass er sich bei Ihnen meldet?" „Nein, so direkt eigentlich nicht. Aber er hat meiner Freundin gesagt, dass er sich bei mir melden wolle." „Warum rufen Sie ihn denn nicht an?" „Ich habe ja noch nicht mal seine Nummer."

„Aber wahrscheinlich hat besagte Freundin seine Nummer?" „Ja ...", antworte ich etwas zögerlich. „Dann lassen Sie sich von einer alten Schachtel wie mir mal etwas sagen: Das Leben ist zu kurz und zu kostbar, um immer nur auf etwas zu warten. Man kann ruhig mal etwas Eigeninitiative zeigen. Ich sehe doch, dass Sie traurig sind. Also fragen Sie doch einfach nach der Nummer und rufen ihn selber an." „Ja, Sie haben recht. Ich muss mal schauen, vielleicht mache ich das in den nächsten Tagen." „Streichen Sie das ‚vielleicht` und ich bin zufrieden." „Ich überlege es mir", lächele ich sie an und wir verabschieden uns. Vielleicht hat er sich ja schon gemeldet, denke ich bei mir.

Aber als ich später zu Hause bin, muss ich leider feststellen, dass dem nicht so ist. Mein Adventskalender ist für heute ja auch schon geleert. Also gehe ich unter die heiße Dusche und dann mit Wärmflasche ins Bett.

12. Dezember

Ich kann mich ja selten an meine Träume erinnern. Aber heute erinnere ich mich, dass ich irgendwas Wirres von Schildkröten, die ununterbrochen Pizza gegessen haben, geträumt habe. Jede von ihnen hatte ein Handy und wenn sie mal kurz aufgehört haben zu essen, versuchten sie, Arne zu erreichen. Es schien so, als wäre er ihr Anführer, aber sie haben ihn nicht ans Telefon bekommen. Schließlich haben sie ihre Handys weggeschmissen und sind in den Wildpark gefahren. Dort haben sie mehrere Häkelblumen an die Rehe verfüttert.

Vielleicht sollte ich Arne tatsächlich anrufen, sonst entwickelt sich die Sache noch zum Trauma, sage ich mir selbst, während ich schon im Bad stehe, aber den Traum immer noch nicht so ganz abgeschüttelt habe.

Da klingelt das Telefon. Ich lasse alles aus der Hand fallen und hechte in den Flur. „Anrufer unbekannt", zeigt mir das Display des Telefons an. Ich versuche noch kurz, meine Atmung zu kontrollieren, welche vor Beeilung und Aufregung etwas höher frequentiert ist als sonst, und nehme dann den Hörer ab. „Hofer", melde ich mich mit meinem Nachnamen und versuche dabei besonders lässig zu klingen. „Hey Lissy." Es ist tatsächlich Arne! „Störe ich irgendwie? Du klingst so außer Atem." Das war wohl nichts mit dem Lässig-Wirken. „Nö, alles gut. Ich war nur im Bad." „Ich habe noch deinen Ohrring, den du letzten Samstag verloren hattest."

„Ach ja, richtig. Das hatte ich schon fast vergessen", lüge ich ungekonnt. „Ach, ehrlich? Na ja, ich wollte ihn dir auf jeden Fall gerne wiedergeben und ich dachte, bei der Gelegenheit könnte ich dich zum Essen einladen." Juchhu! Er will sich wirklich mit mir treffen. Ich werde ein bisschen rot, was man ja aber zum Glück durchs Telefon nicht sehen kann.

„Ja, das können wir so machen." „Super, wie wäre es mit heute oder morgen Abend?"

„Ich habe heute und das Wochenende noch Spätschicht, das heißt, ich habe erst um 22 Uhr Feierabend. Das ist wahrscheinlich ein bisschen spät." „Also für mich nicht. Wenn du noch Lust hast, nach deinem Feierabend bei mir vorbeizukommen. Dann koche ich uns was."

„Okay, gerne. Wann denn?" „Heute?" Er klingt etwas unsicher. Ich tue ein Weilchen so, als ob ich überlege und willige dann ein. Arne gibt mir noch seine Adresse durch und wir verabschieden uns bis später.

Vermutlich sieht man mir die Freude über die anstehende Verabredung gleich wieder an, da Frau L. mich, kaum dass ich sie begrüßt habe, auf ihre äußerst direkte Art und Weise anspricht, dass ich wohl auf ihren Rat gehört und Eigeninitiative gezeigt hätte. „Nein, das brauchte ich noch nicht mal. Er hat mich angerufen", erwidere ich." „Umso besser. Und jetzt treffen Sie sich?" „Ja, heute Abend nach dem Spätdienst." „Das klingt doch gut. Dann sehen Sie aber mal zu, dass Sie heute Abend pünktlich Feierabend machen." „Jawohl! Zu Befehl!", lache ich.

Meine Kollegin und ich haben tatsächlich einen recht ruhigen Dienst. Die meiste Zeit verbringe ich heute Abend noch damit, den DVD-Player an Frau L.s Fernseher anzuschließen. An solchen technischen Einfachheiten könnte ich gelegentlich verzweifeln. Letztendlich gelingt es mir dann aber doch und Frau L. kann wie geplant ihren DVD-Abend gemeinsam mit Tochter und Enkeltochter begehen. Schließlich schaffe ich es sogar, bereits zehn Minuten vor offiziellem Dienstende im Auto zu sitzen. Als ich kurz bevor ich gehe noch einen Blick ins Zimmer werfe, sind sie alle so ins Filmgeschehen vertieft, dass sie mich noch nicht einmal mehr bemerken.

Ich weiß zwar nicht, warum es das tut, aber ich bin ganz fest der Meinung, dass mein Navi mir stets den kompliziertesten Weg zu meinem Ziel heraussucht. Mein Heimatstädtchen ist ja nun wirklich keine Metropole und eigentlich kenne ich mich ganz gut aus, aber auch heute Abend schafft es mein Navi, mich durch irgendwelche mir völlig unbekannte kleine Gassen und Seitenstraßen zu schicken, welche dann schließlich wieder auf der Hauptstraße münden, von welcher ich zuvor erst abgebogen bin. „So ist das halt, wenn man seinen Verstand völlig ausschaltet und sich von einer Maschine leiten lässt", würde mein Vater jetzt sagen und er hätte recht, so wie fast immer.

Schließlich schaffe ich es aber doch zeitnah, mich vor Arnes Tür zu positionieren und den Klingelknopf zu drücken. Er öffnet mir die Tür und nimmt mich in den Arm. Wir schauen uns an und dann küssen wir uns.

13. Dezember

Ich wache in Arnes Armen auf und es fühlt sich nahezu perfekt an. So perfekt, wie sich schon lange nichts mehr in meinem Leben angefühlt hat. Ich drehe mich zu ihm um und küsse ihn, worauf er wach wird. Wir schauen uns ein Weilchen einfach nur in die Augen, bis mein Blick doch kurz an ihm vorbei zu dem Wecker auf dem Nachttisch gleitet. Schon so spät! In zwei Stunden muss ich schon im Hospiz sein. Nachdem ich geduscht und wir noch eine Kleinigkeit zusammen gegessen haben, stehen wir auch schon vor seiner Tür und müssen uns verabschieden. Ich klimpere nervös mit dem Autoschlüssel und versuchsweise auch mit meinen Augen, in Erwartung auf die Frage von ihm nach einem weiteren Treffen. „Dann muss ich wohl mal los." „Ich wünsche dir einen ruhigen Dienst." „Ja, danke." „Er fragt mich wirklich nicht", denke ich und drehe mich langsam um.

„Du, Lissy ..." Er greift nach meiner Hand. „Ich würde dich sehr gerne wiedersehen." Ich muss lächeln. „Ja, ich dich auch."

Er lädt mich für den morgigen Sonntag zum Brunch ein und wir küssen uns zum Abschied. Als ich später auf der Arbeit eingetroffen bin und wir unsere Übergabe beendet haben, klingelt es aus dem Zimmer von Frau L. Ich muss zweimal hingucken, weil ich es seit ihrem Einzug in dieses Haus noch nicht erlebt habe, dass sie die Schwesternklingel betätigt hat.

Frau L. sitzt in dem an ihr Zimmer angrenzenden Badezimmer auf dem WC. Sie ist kreidebleich. „Ich habe solche Schmerzen. Ich komme nicht alleine zurück zum Bett." Ich verabreiche ihr ein Schmerzmittel und begleite sie langsam dorthin zurück. Als ich noch mal ins Bad gehe, um das Licht auszumachen, sehe ich, dass sie Blut auf der Toilette verloren hat.

Ich reinige alles und setze mich dann zu ihr ans Bett. Ganz klein und blass guckt Frau L. aus ihrer lila Blümchenbettwäsche hervor. Manchmal, wenn es einem unserer Gäste lange Zeit so gut geht, vergesse ich selbst kurz, wie krank er doch ist. Dies war wohl auch bei Frau L. der Fall. Wir schauen beide geradeaus an die Wand. Nach einer

Weile richtet sie sich etwas auf und schaut mich an. „Habe ich wieder geblutet? Haben Sie etwas gesehen?" Ich nicke mit dem Kopf. „Ich blute schon seit ein paar Tagen wieder. Ich dachte, ich tue einfach so, als ob ich es nicht merke. Wenn man es nicht merkt, ist es vielleicht ja auch gar nicht da." Tränen laufen lautlos über ihr Gesicht. „Ich habe so große Angst." Ich nehme ihre Hand und halte sie fest. So sitzen wir ein kleines Weilchen nebeneinander – Frau L. im Bett und ich auf dem Stuhl daneben und starren an die Wand. Schließlich zieht sie ihre Hand weg. „Ist wieder gut. Lassen Sie mich mal alleine. Ich will mich noch ein bisschen ausruhen, bevor meine beiden Lieben wiederkommen." Ich schaue sie etwas zweifelnd an und ringe nach den passenden Worten.

„Ist wirklich in Ordnung, Elisabeth. Ich weiß, warum ich hier bin und ich möchte jetzt nicht mit Ihnen darüber reden. Ich will einfach nur noch einen Moment Ruhe." Ich stehe auf, nicke ihr zu und verlasse das Zimmer.

Zwei Stunden später ist lautes Gelächter auf dem Flur zu hören. Als ich einen Blick um die Ecke werfe, staune ich nicht schlecht. Frau L. läuft wie das blühende Leben im Trippelgang mit Emmi untergehakt über den Flur. Die beiden simulieren offensichtlich ein Pferd mit seinem Reiter und amüsieren sich dabei außerordentlich. Frau L. hat ganz rosige

Wangen und ist optisch kein Vergleich mehr zu ihrer Erscheinung von vor noch wenigen Stunden. Hinter dem Gespann geht Frau L.s Tochter, erkundigt sich bei uns, ob sie in der Küche Waffeln backen dürfen und muss sich dann ganz schön sputen, um die beiden, die jetzt ihre Gangart in Galopp gewechselt haben, einzuholen.

In der Küche findet ein lustiger Nachmittag statt, mit vielen Waffeln, Gelächter und Vanilleeis, wonach sich niemand mehr gewillt zeigt, auch noch Abendbrot zu essen. Später am Tag haben meine Kollegin und ich dann doch noch gut zu tun, da sich der Allgemeinzustand von einem unserer Gäste akut verschlechtert.

Als ich deshalb etwas später als gewohnt bei Frau L. ins Zimmer schaue, schläft sie schon bzw. tut so, als ob. Ich bin nämlich der Meinung, dass sie kurz geguckt und sich dann schlafend gestellt hat. Aber eine klarere Ansage, dass jemand seine Ruhe haben möchte, kann man ja kaum bekommen. Deshalb schließe ich ihre Tür auch wieder leise.

Wie müde ich selber bin, merke ich erst, als ich mich zu Hause aufs Sofa fallen lasse und meine Augen mir schon fast von selbst zuklappen. Das Schlafdefizit von letzter Nacht macht sich doch bemerkbar, obwohl es das natürlich ohne

Frage wert war, denke ich rückblickend und muss lächeln. Ich raffe mich auf, ziehe meine Schlafhose an und putze mir die Zähne, um dann noch mal ins Wohnzimmer zurückzukehren, da ich weder gestern noch heute meinen wunderbaren Adventskalender geöffnet habe. Für den gestrigen Tag ziehe ich aus dem Säckchen einen Lippenbalsam, welcher laut Aufschrift für super softe Lippen und das beste Kusserlebnis sorgt. Kann ich tatsächlich aktuell gebrauchen, denke ich bei mir und grinse etwas doof, was zum Glück ja keiner sieht. Ich werfe den Lippenstift in meine Handtasche (finde ich leider eh nie wieder, da ich das Aufräumen meiner Tasche auf unbestimmte Zeit verschoben habe und es in ihrem Inneren immer mehr nach überfüllter Müllsammelstelle aussieht).

Für heute hat Doro mir ein Kartenspiel in den Kalender gesteckt. Ich erkenne es sofort, als ich es in der Hand halte. Es ist unser altes Schwarzer-Peter-Spiel. Bevor wir angefangen haben, passionierte Rommee-Spielerinnen zu werden, haben wir dieses Spiel rauf und runter gespielt. Die Karten sind zum Teil schon etwas lädiert und geknickt. Ich kann mich auch noch genau erinnern, wie ich mein Glas Orangensaft aus Versehen über die Karten verschüttet habe. Ich habe bestimmt eine halbe Stunde geheult und Doro hat jede einzelne Karte unter höchsten Vorsichtsmaßnahmen geföhnt, leider haben sie seitdem alle einen Gelbstich. Doro hat behauptet, dass sie ihr so viel besser gefallen würden und ich habe ihr geglaubt und aufgehört zu heulen. Auf die Rückseite des Spiels hat Doro ein Zettelchen mit einer Nachricht geklebt:

„Ich habe das Spiel gefunden und musste gleich an dich denken. Es erinnert mich an meine Kindheit, die ich an der Seite meiner wunderbaren Schwester verbringen durfte."

Mein Herz krampft sich ein bisschen zusammen, wie es dies immer tut, wenn ich traurig bin und oft auch, wenn ich Doro so arg vermisse.

Ich werfe einen Blick auf die Uhr. Kurz nach 23 Uhr. Zu spät zum Telefonieren.

„Ich habe dich ganz dolle lieb", tippe ich in mein Handy und schicke es an Doro. Dann gehe ich mit dem „Schwarzen Peter" ins Bett und schaue mir jede einzelne Karte noch mal genau an.

14. Dezember

Beinahe hätte ich es noch geschafft, zu spät zu meiner Brunch-Verabredung zu kommen. Ich habe mir im Bad etwas mehr Zeit als sonst gelassen, weil ich natürlich besonders gut aussehen wollte und habe es dabei versäumt, einen Blick aus dem Fenster beziehungsweise auf das daran befindliche Thermometer zu werfen. Es ist bitterkalt draußen und letzte Nacht hat es ordentlich gefroren. Auf meinem Auto liegt eine gefühlt meterdicke Eisschicht, welche ich mühselig mit zerbrochenem Eiskratzer und fehlenden Handschuhen beseitigen muss. Mein Vater hat mir erst neulich einen neuen Eiskratzer zugesteckt und ich bin mir sicher, dass er in der Flurkommode sein müsste, aber vor Aufgeregtheit und Eile sieht man manchmal den Kratzer vor lauter Häkelblumen nicht. Meine Handschuhe habe ich gestern auf der Arbeit vergessen, was ich heute Morgen auch schon mehrfach bitter bereut habe.

Als ich auf die letzte Minute zur verabredeten Zeit vor dem Restaurant eintreffe, steht Arne schon vor der Tür und wartet auf mich. Ein letzter Blick in den Rückspiegel, bevor ich aussteige, zeigt mir, dass der ganze Aufwand heute früh umsonst war. Meine Haare sind ganz kräuselig und stehen in alle Richtungen ab und meine Gesichtsfarbe erinnert an Deckweiß, mal abgesehen von meiner Nase, die in einem leuchtenden Rot einen äußerst unschönen Kontrast zum Rest darstellt. Leider fehlt mir die Zeit, um Schadensbegrenzung zu betreiben, da Arne mich schon beim Einparken beobachtet hat und jetzt auf mich zukommt, um mich abzuholen. „Du siehst total hübsch aus", begrüßt er mich und wir nehmen uns in den Arm.

Ich freue mich über das Kompliment, aber bin doch etwas enttäuscht, dass ich keinen Kuss kriege. Vielleicht bin ich ja auch nur so etwas wie eine Affäre für ihn, überlege ich mir auf dem Weg vom Parkplatz zum Restaurant. Schließlich haben wir noch nicht darüber gesprochen, was das mit uns ist und wo es hinführen soll. Aber ich erwarte vielleicht auch immer ein bisschen viel nach einer gemeinsamen Nacht. Ich war schon ewig nicht mehr in der Lohmühle (so der Name der Lokalität, die Arne heute für uns ausgesucht hat). Oma Anni hat dort früher immer Geburtstag gefeiert beziehungsweise uns alle schick zum Essen ausgeführt an ihrem Ehrentag. Ich fühle mich auch sofort an sie erinnert, als wir eintreten.

Das Essen schmeckt immer noch so gut, wie ich es in Erinnerung hatte. Ein riesiges Buffet mit lauter frischen Sachen, das wirklich keine Wünsche offen lässt. Als ich meinen Teller gerade das zweite Mal befüllen will, höre ich hinter mir eine Stimme. „Guten Morgen, Schwester Elisabeth." Ich drehe mich um und muss doch glatt mehrfach hinschauen, bis ich es glauben kann. Vor mir steht Frau L. Ihr Kopf wird von einem dunkelblauen Hut mit riesigen Blüten auf der Krempe geziert. „Guten Morgen," sage ich etwas verdattert. „Sind Sie alleine hier?" „Natürlich nicht. Meine Tochter hatte die Idee, mich vor ihrer Abreise heute noch mal auszuführen." Sie deutet zu einem entfernten Tisch, an dem ihre Tochter sitzt und in einer Zeitung blättert. Emilia sitzt daneben, hat uns wohl gerade entdeckt und winkt uns mit einem riesigen Stück Melone zu. Ich winke lachend zurück. „Geht es Ihnen denn gut?", frage ich und schaue sie durchdringend an. „Ja, mir geht es sehr gut. Wenn Sie darauf anspielen, dass es mir gestern Nachmittag kurz nicht so gut ging, so war dies bis jetzt ein einmaliger Vorfall. Ihre Kollegen haben mir Schmerzmittel eingepackt, falls ich etwas zwischendurch brauche. Und für den Fall, dass ich tot umkippen möchte, kann ich das hier ja genauso gut erledigen, wie im Hospiz. Dann habe ich wenigstens vorher gut gegessen", lacht sie. „So war das auch gar nicht gemeint.

Wollte nur wissen, wie es Ihnen heute geht", erwidere ich schmunzelnd. Plötzlich steht Arne neben mir: „Na, kennst du wieder das halbe Lokal?"

„Äh nein, oder doch", stammele ich. Zum Glück kommt mir Frau L. mit dem Vorstellen zuvor. „Ich bin Frau L", sagt sie und reicht Arne ihre Hand. „Ich bin einer dieser todkranken Menschen, der von Elisabeth im Hospiz betreut wird." Arne guckt leicht schockiert. Das war vermutlich etwas zu direkt für ihn. „Und wer sind Sie, junger Mann?" Ich merke, dass er einen kleinen Moment braucht, um sich zu sammeln. „Ich bin Elisabeths Freund", sagt er schließlich. Oh, mein Freund! Ich schaue ihn vermutlich eine Spur zu begeistert an. „Das ist aber schön, Sie kennenzulernen. Sie haben ganz großes Glück, so eine zauberhafte Freundin zu haben", sagt Frau L. Ich laufe knallrot an und Arne nickt verlegen. „Aber nun will ich das junge Glück mal nicht weiter stören. Bis später, Elisabeth", ruft sie freudig und entschwindet in Richtung ihrer Familie. Als wir auch wieder am Tisch sitzen, kommen wir noch mal auf Frau L. zu sprechen. Arne kann sich gar nicht vorstellen, dass sie bald sterben wird. „Sie wirkt doch so mitten im Leben", sagt er. Ich erzähle ihm ein bisschen von der Arbeit im Hospiz, dass jeder unserer Gäste seinen ganz eigenen Krankheitsverlauf hat. „Jeder neue Gast stellt eine neue Herausforderung für uns dar. Es ist nicht möglich, nach Schema F zu arbeiten und es ist wichtig, sich auch immer wieder selbst in seiner Arbeit zu reflektieren und auch mal über den Tellerrand zu schauen, in jeglicher Hinsicht." „Das ist schon toll, was du so machst", sagt Arne und lächelt mich verliebt an. Zumindest bilde ich mir ein, dass es ein verliebtes Lächeln wäre, weil ich es mir so wünsche. Als wir die Lohmühle verlassen, sind wir mit die letzten Gäste. Auf dem Parkplatz kriege ich noch einen filmreifen Kuss und mache mich dann auf den Weg zur Arbeit.

Im Hospiz wirkt es außergewöhnlich ruhig. Die Kerze im Raum der Stille brennt. Der Gast, dessen Allgemeinzustand sich gestern im Spätdienst so akut verschlechtert hatte, ist in der Nacht bereits verstorben. In der Küche am Adventskranz brennen heute schon drei Kerzen und der Duft von Bratäpfeln liegt in der Luft. Frau L. sitzt mit einer ehrenamtlichen Mitarbeiterin am Tisch und spielt Karten.

„Na, hatten Sie noch einen schönen Vormittag?", fragt sie mich, als ich die Küche betrete.

„Ja, hatte ich. Aber genau das Gleiche wollte ich Sie auch gerade fragen", erwidere ich.

„Sind Ihre Tochter und Emmi wieder nach Hause gefahren?"

„Ja, hatte ich ebenfalls und ja, die beiden haben sich nach unserem gemeinsamen Frühstück auf den Weg nach Hause gemacht. Emilia muss ja morgen auch wieder in die Schule. Es ist sowieso unverantwortlich, dass meine Tochter sie diese ganze Woche rausgenommen hat."

„Besondere Situationen erfordern besondere Maßnahmen. Ich fand es sehr schön, dass die beiden hier waren." „Wenn Sie das sagen. Wahrscheinlich haben Sie mehr Erfahrung mit *besonderen* Situationen und dem dazu passenden Verhalten." Das Wort „besonderen" betont sie in einer Art und Weise, die mich spüren lässt, dass sie es in diesem Zusammenhang für unangebracht hält. „Spielen Sie doch eine Partie Karten mit uns. Sie können doch Rommee?", wechselt sie das Thema. „Ja, kann ich. Aber im Moment habe ich kein Glück mit den Karten, deshalb überlasse ich das den Profis." Ich zwinkere den beiden Kartenspielerinnen zu und mache mich auf den Weg in Richtung Dienstzimmer, wo meine Kollegen schon mit der Übergabe auf mich warten.

Wir haben alle einen ruhigen Nachmittag und Abend im Hospiz und als ich Frau L. kurz vor Feierabend noch eine gute Nacht wünschen möchte, finde ich sie schon schlafend mit einem Buch in der Hand vor.

Zuhause zaubere ich einen mit Nougat gefüllten Marzipanriegel aus meinem Adventkalender, welchen ich, direkt noch vor dem Kalender stehend, in einer Rekordzeit von unter einer Minute verspeise, um mich danach wohlig gefüllt und mit dem schönen Gedanken, morgen frei zu haben, ins Bett zu kuscheln.

15. Dezember

Ich habe gerade die Kaffeemaschine angestellt, als es klingelt. Und wie es klingelt, es ist nämlich sowohl das Telefon als auch die Haustürklingel, die sich zeitgleich bemerkbar machen. Ich stehe wie gelähmt vor der Kaffeemaschine und bin überfordert mit der Entscheidung, ob ich nun zuerst zur Haustür oder zum Telefon laufen soll. So ein Stress am frühen Morgen ist gar nichts für mich, obwohl ich nach einem Blick auf die Uhr zugeben muss, dass halb elf wahrscheinlich für die meisten Menschen gar kein früher Morgen mehr ist. Man sollte allerdings Verständnis dafür haben, dass für Menschen in meiner Situation, nach sieben Tagen Spätdienst, alles vor 15 Uhr in die Kategorie *zu früh am Tage* fällt.

Ich starre noch ein Weilchen unentscheidungsfreudig vor mich hin und begebe mich dann in den Flur, wo ich wahrnehme, dass jetzt schon jemand direkt an der Haustür klopft. Also zuerst zur Tür, hinter welcher (ich hätte es mir eigentlich denken können) Frau Braun auf mich lauert. „Ah, Fräulein Hofer, Sie sind ja doch zu Hause. Es ist aber auch eine Kunst, Sie mal anzutreffen. Ich war gestern Nachmittag schon hier und wollte Ihnen ein schönes Stück Stolle bringen, aber Sie waren wohl nicht zu Hause. Ich glaube ja, Sie arbeiten zu viel, Mädchen." Sie macht eine kleine Pause in ihrem Redeschwall und lauscht. „Hören Sie mal, hier klingelt doch ein Telefon. Ach, jetzt hat es schon aufgehört. Na ja, auch gut. Ich sag` immer, wenn es was Wichtiges war, rufen die Leute noch mal an. Gucken Sie mal, die Stolle habe ich Ihnen natürlich aufgehoben, habe ich gestern früh selbst gebacken." Sie hält mir ein überdimensionales Stück Kuchen, welches größentechnisch auch als Laib Brot durchgegangen wäre, unter die Nase. In der anderen Hand hält sie einen gehäkelten Weihnachtsmann, welcher optisch auch einen echten Hingucker darstellt, wobei ich mir aktuell nicht sicher bin, ob man das positiv oder negativ auslegen sollte. „Wollen Sie kurz reinkommen?" Ich versuche das Wort „kurz" besonders bedeutungsvoll zu betonen. „Gerne! Wissen Sie, es macht sich ja kaum noch jemand die Mühe, Stollen selber zu backen, wo der ganze Supermarkt ja voll ist mit diesem industriell gefertigten Zeug, aber Sie werden sehen, selbstgebacken schmeckt ganz anders." Sie stürmt an mir vorbei ins Wohnzimmer. „Wie ich Sie kenne, haben Sie heute bestimmt noch nichts Vernünftiges gegessen. Haben Sie zufällig gerade Kaffee gekocht?" Zwei Stunden später habe ich ganz vernünftig über die Hälfte des Kuchens unter Frau Brauns wohlwollendem Blick gefrühstückt, während ich mit den neuesten Informationen über die restliche Mietergemeinschaft in unserem Haus versorgt worden bin. Schließlich erhebt sie sich vom Sofa. „So, dann will ich Sie mal nicht weiter belästigen. Sie haben ja sicher auch noch anderes zu tun, als mit einer alten, langweiligen Dame, wie ich es bin, Kaffeeklatsch zu halten." Früher habe ich auf solche Aussagen immer versucht, einen Einwand einzuschieben in der Richtung: „So alt sind Sie doch nun auch nicht und erst recht nicht langweilig." Die Erfahrung hat mich allerdings gelehrt, so etwas zu unterlassen, da daraus nur erneute Diskussionen entspringen, die meinen Besuch zwingen, sich wieder zu setzen und noch ein ganzes Weilchen länger zu bleiben. Also tue ich das, was mir in den meisten verfänglichen Situationen meines Lebens als wirksamste Reaktion erscheint: Lächeln und Nicken. Manchmal, wenn es erforderlich scheint, begleite ich das

Ganze noch durch ein zustimmend wirkendes „Hm". Dies scheint mir hier aber nicht angebracht.

Ich begleite Frau Braun zur Tür. „Jetzt hätte ich fast Ihr Geschenk vergessen, Mädchen. Ich weiß, Sie lieben die Blumen, aber weil Sie ja hier so wenig Weihnachtsstimmung in Ihrer Wohnung haben, habe ich mal etwas anderes für sie gehäkelt. Sie drückt mir den Weihnachtsmann, den sie seit Betreten meiner Wohnung im Arm hält, in die Hand. „Ja, vielen Dank! Auch sehr schön!" Ich winke ihr hinterher und schließe aufatmend die Tür. Das Häkelungetüm werfe ich als erstes in die oberste Schublade der Flurkommode, wo es in einem Blumenmeer versinkt.

Mein Telefon läutet erneut und da ich diesmal fast danebenstehe, hebe ich den Hörer so schnell ab, dass ich vorher noch nicht mal kontrolliere, ob ich den Absender der eingehenden Telefonnummer kenne. „Vielleicht ist es ja Arne", denke ich für den freudigen Bruchteil einer Sekunde, bis ich eindeutig Jenny als Anruferin identifizieren muss, die mich in ihrer gewohnt lauten und freudigen Art darauf hinweist, dass es jetzt an der Zeit wäre, dass ich mit ihr und ihrem Nachbarn auf den Weihnachtsmarkt gehe, so wie ich es ja bereits letzte Woche fest versprochen hätte. „Ach so! Ja, das hatte ich schon fast vergessen. Es ist so viel passiert. Wie es aussieht, bin ich mittlerweile wahrscheinlich schon vergeben", erwidere ich. Darauf folgt ein fast einstündiges Telefonat, in dem ich, auf Jennys Drängen hin, jede Einzelheit von den Treffen mit Arne berichte und sie mir schlussendlich ganz klar zu verstehen gibt, dass sie sich zwar über alle Maßen für mich freut, die Verabredung mit ihrem Nachbarn aber steht.

„Er ist echt ein netter Kerl und ich habe ihm das jetzt fest zugesagt. Wir unterhalten uns ein bisschen, trinken ein paar Glühwein und haben einen netten Abend. Hinterher sagst du ihm, dass es nicht funkt. Ich glaube, ihm tut das einfach nur gut, mal ein bisschen rauszukommen und wir beide haben doch sowieso immer zusammen Spaß, egal wo und mit wem."

Mir bleibt also nicht viel übrig, als einzuwilligen und wir verabreden uns direkt für heute Abend. Bevor ich abends das Haus verlasse, bewundere ich noch mal das neue Schmuckstück an meinem Armgelenk. Doro hatte mir für den heutigen Tag ein kleines Armband in den Kalender gesteckt, welches ungeheuer gut zu meinem, für den Weihnachtsmarktbesuch ausgewählten, Pullover passt. Ich muss lächeln, während ich es betrachte.

Schließlich schaffe ich es aber doch, meinen Blick loszureißen und das Haus zu verlassen.

Als ich die Haustür unten öffne, laufe ich Jenny fast in die Arme. „Na, das passt ja. Wir wollten gerade klingeln", lacht sie und nimmt mich auch direkt in den Arm. Neben ihr steht ihr Nachbar, welchen ich zuvor tatsächlich noch nie gesehen habe oder sagen wir mal, zumindest *bewusst* noch nie gesehen habe. Er trägt eine lila Hose (der traut sich was!) und stellt sich mit einer stark dialektal gefärbten Stimme als „Marian" bei mir vor. Die Begrüßung erweist sich als etwas unangenehm, da ich statt „Marian" immer „Marion" verstehe und mehrfach nachfragen muss, was er scheinbar nicht so witzig findet. Auf meine Vorstellung erwidert er, dass er schon lange niemandem mehr mit so einem veralteten Namen getroffen habe.

Die Stimmung ist nach dieser kleinen Vorstellungs- und Begrüßungsrunde leider noch nicht ganz auf dem Siedepunkt angekommen, weshalb wir schweigend nebeneinander her in Richtung Marktplatz trotten und ich schon heimlich Pläne schmiede, wie ich am unverfänglichsten ganz schnell aus diesem Abend wieder aussteigen kann. Jenny hat sich bei mir eingehakt und krallt sich übertrieben stark an meinem Arm fest, als ob sie meine geheimen Fluchtpläne längst durchschaut hätte. Marian geht neben uns und erzählt sehr laut etwas von seiner Arbeit. Obwohl er akustisch nicht überhört werden kann, kann ich seinen Erzählungen trotzdem nur bruchstückhaft folgen, was größtenteils mutmaßlich an mangelndem Interesse meinerseits liegt. Ich verstehe nur, dass er irgendwas mit Computern arbeitet und andauernd Kollegen zurechtweisen muss, welche nicht so korrekt arbeiten, wie es für ihn selbstverständlich ist. Danach schalte ich meine Ohren auf Durchzug und das Kopfkino an.

Als wir endlich den Marktplatz erreichen, steuere ich zielstrebig die erste Glühweinbude an.

„Endlich Alkohol", lache ich. „Ich nehme einen Glühwein mit Schuss. Was darf ich für euch bestellen?"

„Ich trinke prinzipiell keinen Alkohol. Ich verstehe nicht, was daran toll sein soll, seine Sinne zu vernebeln und den Körper zu vergiften." Uihuihui! Der Marian ist ja ein richtig lockerer Typ. Ich werfe böse und hoffentlich vielsagende Blicke in Jennys Richtung, habe allerdings den Eindruck, dass sie meinem Blick ausweicht, da sie so langsam selbst mitbekommen hat, dass ihr Nachbar doch nicht ganz grundlos schon so lange Single ist. Anschließend folgt noch ein Gespräch über die Arbeit im Hospiz, bei der Jennys

Nachbar es schafft, wirklich jede meiner Lieblings Klischee-Floskeln einzubauen. Von dem Standard „Also, ich könnte das nicht" über „Wird man da nicht selber depressiv, wenn man sich den ganzen Tag nur mit dem Tod beschäftigt?" bis hin zu „Aber schön, dass es solche Menschen gibt, die dort arbeiten" hat er alles in seinem Repertoire. Ich spule die Antworten runter, die ich mir im Laufe der Jahre zurechtgelegt habe und halte mich an mein Erfolgsgeheimnis schwerer Stunden des Lebens: Ich stimme ihr zu und lächele.

Ich überlege gerade, ob ich vorgeben sollte, dass mein Handy klingelt und ich dringendst wegmuss, da erblicke ich ihn. Zwei Buden weiter im Gedränge steht Arne. Mein Herz macht einen kleinen Hüpfer und ich bin gleich ein bisschen aufgeregt. „Entschuldigt mich mal kurz. Da ist jemand, den ich kurz begrüßen möchte."

Ich schüttele Jennys Arm ab, der sich immer noch bei mir eingehakt hat und gehe zielstrebig auf Arne zu. Erst als ich fast vor ihm stehe, fällt mir auf, dass er mit einer anderen Frau da ist. Ich bleibe stehen und überlege noch schnell wieder umzudrehen. Aber zu spät, Arne hat mich schon gesehen. „Hey Lissy! Was machst du denn hier?" Was für eine blöde Frage! „Ich bin mit Freunden hier", antworte ich und deute in Richtung Jenny und Marian. „Das ist schön.

Dann wünsche ich euch noch einen netten Abend! Wir hören voneinander." Er reibt mir kurz über die Schulter und wendet sich dann wieder seiner Begleiterin zu. „Ja, danke! Euch auch!", stammele ich und gehe zurück zu Jenny.

Kein Kuss, keine Umarmung, noch nicht einmal ein „Schön, dich zu sehen."

Die Enttäuschung steht mir wohl förmlich im Gesicht, da Jenny gleich mitschneidet, dass irgendwas nicht stimmt und mich in den Arm nimmt. „Was ist denn los?" „Das war Arne. Er ist mit einer anderen hier." Tränen steigen mir in die Augen. „Ach Lissy, das hat doch gar nichts zu bedeuten." „Doch, ich glaube schon", antworte ich und löse mich aus ihrer Umarmung. Muss ja nicht der ganze Weihnachtsmarkt mitkriegen, dass ich gleich heule. „Wo ist denn Marian?" „Der hat ein paar Arbeitskollegen getroffen und gefragt, ob es in Ordnung ist, wenn er sich ihnen anschließt. Er glaubt, zwischen euch hat es sowieso nicht gefunkt." „Das hat er gut beobachtet." Ich muss doch ein ganz klein wenig lächeln und lasse mich von Jenny überreden, noch einen Cocktail trinken zu gehen, obwohl mir eigentlich gar nicht danach ist. Ich werfe noch mal einen Blick in Arnes Richtung, welcher jedoch mit dem Rücken zu mir steht.

16. Dezember

Es ist dann gestern Abend doch nicht bei einem Cocktail geblieben. Wie der Zufall es so wollte, war gerade Happy Hour und nachdem ich den vierten Cocktail mit unabgewendetem Blick von meinem Handy eingenommen hatte, hat Jenny uns ein Taxi bestellt und wir haben uns ganz sicher und ordentlich nach Hause bringen lassen. Ich hatte den ganzen Abend noch die Hoffnung, dass eine Nachricht oder ein Anruf von Arne bei mir eingehen würde. Irgendetwas, das sein Verhalten entschuldigen oder vielleicht sogar erklären würde.

Aber sowohl gestern Abend als auch heute früh passierte nichts dergleichen. Nun bin ich noch trauriger als gestern Abend. Ich kann Arnes Verhalten überhaupt nicht verstehen und fühle mich wie die letzte dusselige Kuh, die sich in eine Liebesbeziehung hineingesteigert hat, welche vermutlich überhaupt keine war.

Der Kaffee schmeckt mir nicht und als das Telefon klingelt, fällt mir vor Schreck die Tasse aus der Hand. Meine Pflegedienstleitung ist am anderen Ende der Leitung und fragt mich, ob ich heute mit Nachtdienst einspringen kann.

Eine Kollegin ist krank und sie fragt mich wirklich ungern, sagt sie. Aber es kann leider niemand anders den Dienst übernehmen und ich bin ihre letzte Hoffnung. Ich weiß nicht, wie oft ich solche Sätze schon gehört habe, in den über 15 Jahren, in denen ich nun schon in der Pflege tätig bin, aber wenn es danach gehen würde, wäre schon mannigfach alles ohne mich zusammengebrochen, woran ich allerdings auch starke Zweifel hege. Ich erlaube es mir, die Augen zu verdrehen, da es ja sowieso keiner sieht und willige dann ein. Da ich ab morgen eh in den Nachtdienst gehen würde und ich die Hoffnung habe, dass ich dadurch vielleicht auf etwas andere Gedanken komme, fällt mir die Zusage nicht ganz so schwer.

Nach dem Telefonat gehe ich ins Bad, begutachte meine verquollenen Augen und beschließe daraufhin, noch mal ins Bett zu gehen, um dort meinen leichten Kater und meine ausgeprägte schlechte Laune zu pflegen und eventuell auch noch etwas Schlaf zu finden, bevor ich mir später im Hospiz die Nacht um die Ohren schlage.

Tatsächlich gelingt es mir, noch etwas zu schlafen, was meinem Gemütszustand leider auch keine Besserung verschafft, aber mir zumindest das Gefühl vermittelt, körperlich auf der Höhe zu sein. Als ich am späten

Nachmittag gerade mit meiner Mutter telefoniere und zeitgleich die Scherben meiner morgendlich zersprungenen Kaffeetasse auffege, steht überraschend Marie vor der Tür. Sie hält ein riesiges Kuchenpaket in der Hand. „Hey, ich hoffe, ich störe nicht. Ich habe versucht vorher anzurufen, aber bei dir ist bestimmt schon seit einer Stunde besetzt." „Kein Problem. Komm rein." Ich wimmele meine Mutter ab, indem ich ihr verspreche, nächstes Wochenende zum Mittagessen vorbeizukommen und gehe mit Marie ins Wohnzimmer. „Wie geht es dir?", fragt sie und beginnt, ihr Kuchenpaket auszupacken.

„Es geht so. Warum fragst du? Hast du mit Arne gesprochen?" Marie wirkt äußerst konzentriert auf ihre Tätigkeit, den Kuchen vorsichtig aus der Folie zu befreien und guckt nicht hoch, als sie mir antwortet. „Arne ist mein Bruder und du bist meine beste Freundin. Ich kann und will mich da nicht einmischen." „Aber offensichtlich hat er mit dir geredet."

„Er hat mir erzählt, dass ihr euch gestern auf dem Weihnachtsmarkt gesehen habt und die Situation wohl etwas unpassend war und er nicht weiß, wie es dir geht." Ich schnappe nach Luft. „Was heißt denn ‚unpassend'? Er war mit einer anderen Frau da und hatte ganz offensichtlich nicht mal Lust, mich zu grüßen. Außerdem kann er mich selber fragen, wenn er wissen möchte, wie es mir geht. Er braucht dich jetzt nicht vorzuschicken, um die Scherben aufzukehren, die er hinterlassen hat." Mir schießen die Tränen in die Augen. „Außerdem hat er gar keine Scherben hinterlassen. So toll ist er nun auch nicht. Du kannst ihm ausrichten, mir geht es gut. Ich weiß einfach nur immer ganz gerne, woran ich bin." Dummerweise kann ich es mal wieder nicht steuern und die Tränen laufen jetzt bereits in Sturzbächen über meine Wangen. „Mein Gott, Lissy! Du bist ja völlig fertig! Beruhige dich mal." „Ich bin ruhig", schreie ich, was die Aussage dieses Satzes leider völlig unglaubwürdig erscheinen lässt.

Marie nimmt mich in den Arm. „Ich bin nicht hier, weil Arne mich schickt. Ich bin hier, weil ich mir dachte, dass es dir nicht gut geht. Ich bin deine Freundin, Lissy, und ich habe dich lieb." „Aber ich verstehe nicht, wieso er sich jetzt so verhält." Marie drückt mich auf den Stuhl zurück und stellt ein großes Stück Bratapfelkuchen mit Karamell- und Sahnetopping vor mir ab. „Wie gesagt: Ich kann mich da bei euch nicht einmischen. Ich weiß ja noch nicht mal genau, was zwischen euch war oder ist. Ich muss sagen, dass ich auch schon immer dachte, dass aus euch noch mal ein Paar wird, aber ihr müsst natürlich miteinander reden. Alle beide! Du machst auf jeden Fall nichts falsch, wenn du ihn jetzt anrufst und fragst, was los war." „Wieso denn ich?" „Lissy, du kannst machen, was du willst. Ich meine das nur, weil ich mir wünsche, dass du glücklich wirst und nicht irgendwelche ungeklärten Dinge dich daran hindern."

Es gibt ja diese Sorte Menschen, die können nichts essen, wenn sie traurig sind. Ich gehöre leider nicht dazu. Ich gehöre eher zu der Sorte Menschen, die in Zeiten des Kummers eine Packung Nuss-Schokoriegel innerhalb von fünf Minuten einatmen können und sich, während sie noch kauen, schon Gedanken über den Nachschub machen.

Wir schweigen und ich esse meinen Kuchen, während ich Maries Worte nachklingen lasse.

Ich lege mir noch ein Stück auf den Teller. „Danke, dass du vorbeigekommen bist." Ich gebe ihr ein Küsschen auf die Wange. „Ich werde mal sehen, was ich mache. Muss ab heute schon wieder arbeiten. Springe im Nachtdienst ein." Marie verdreht die Augen. „Schon wieder? Aber lass mich raten: Du bist die Einzige, die den Dienst übernehmen kann. Alle anderen sind dringendst verhindert." Ich muss lächeln. Wir essen unseren Kuchen auf und gegen Abend schmeiße ich Marie raus, um mich für die Arbeit fertig zu machen. Bevor ich meine Wohnung verlasse, öffne ich noch das für den heutigen Tag vorgesehene Säckchen am Adventskalender und entnehme ihm ein Päckchen Haargummis. Auf der Packung ist ein Einhorn abgebildet unter der Aufschrift „Shine like a unicorn". Bei genauerer Betrachtung glitzern die Haargummis im Licht. Ich entnehme gleich eines der Packung, um mir einen Zopf zu machen und obwohl ich der Meinung bin, keinerlei Ähnlichkeit mit einem Einhorn aufzuweisen, fühlt sich mein Gang zum Auto gleich etwas trabender an.

Das Schlimmste am Nachtdienst ist das Allein-Arbeiten. Zum Glück bin ich nicht wirklich allein, sondern habe ja noch die Hospizgäste und oft auch Angehörige an meiner Seite und doch fehlt der kollegiale Austausch und oft auch einfach die fachmännische helfende Hand, die bei der Versorgung schwerstkranker Menschen meist hilfreich und entlastend ist.

Das Zweitschlimmste ist die Müdigkeit. Eine Kollegin sagte mal zu mir, dass sie es am ganzen Körper merke, dass sie nachts nicht mehr besonders leistungsfähig ist. Ich muss ihr beipflichten, weil ich ähnliche Erfahrungen gemacht habe. Die Nacht ist einfach zum Schlafen da. Besonders jetzt im Winter, wo die Natur schon so früh das Licht ausmacht, um meiner Meinung nach damit auszusagen, dass man die

Arbeit niederlegen und es sich zu Hause gemütlich machen soll. Aber was nützt all das Gejammere. Der Nachtdienst gehört nun mal zu meiner Arbeit dazu.

Nach der Übergabe gehe ich leise, um niemanden in seiner Nachtruhe zu stören, durch die Gästezimmer. Die meisten schlafen tief und fest. Frau L. tut dies ebenfalls. Ich beobachte sie einen Moment lang von der Tür aus. Ganz blass und zart, fast zerbrechlich sieht sie aus, wenn ihr Raum nur leicht von dem durchs Fenster scheinenden Mond erhellt wird. Leise schließe ich ihre Tür wieder und setze meinen Durchgang durch die Zimmer fort. Aus dem letzten Zimmer höre ich Geräusche. Das ist jedoch nichts Ungewöhnliches. Der Geschichtsprofessor, der es bewohnt, hat den Fernseher noch an. Er ist jetzt schon seit zwei Wochen unser Gast im Hospiz und so allmählich kennt man seine Gewohnheiten. Er wird am Abend immer besonders munter und schaut bis spät in die Nacht TV. Er hätte auch kein Problem damit, früher schlafen zu gehen, sagte er mal zu mir, aber die interessantesten Dokumentationen würden halt immer nur nachts ausgestrahlt. Er freut sich, als ich zu ihm hereinschaue und als ich ihn frage, wie sein Tag war, lenkt er gekonnt ab und verwickelt mich in ein Gespräch über die politische Lage in Israel, aus dem ich so schnell nicht mehr herauskomme.

17. Dezember

Die Nacht verläuft relativ ruhig. Die Gäste schlafen größtenteils und abgesehen von ein paar Medikamentengaben, Begleitungen bei Toilettengängen und natürlich nicht zu vergessen einer längeren politischen Diskussion habe ich in den Gästezimmern nicht viel zu tun und kann mich ganz entspannt meiner Arbeit im Dienstzimmer widmen. Ich bin gerade dabei, Medikamentenbestellungen zu schreiben, als es aus dem Zimmer von Frau L. läutet.

Leicht zitternd liegt sie im Bett, als ich ihr Zimmer betrete. „Ach Elisabeth, Sie sind heute Nacht da." Es wirkt mir fast so, als wenn Sie sich gleich etwas entspannt. „Ich habe ganz starke Schmerzen. Können Sie mir mein Schmerzmittel bringen?" „Natürlich." Ich eile wieder zurück ins Dienstzimmer, hole das für Frau L. ärztlich angesetzte Schmerzmittel aus dem Schrank und bringe es ihr gemeinsam mit einer frischen Flasche Wasser ins Zimmer. „Danke!" Sie lächelt mich etwas schwach an und nimmt ihr Medikament ein. „Wo genau haben Sie denn die Schmerzen?" „Im ganzen Körper, aber am Schlimmsten hier." Frau L. fasst sich an ihr

Herz. Leise regt sich in mir der Verdacht, dass ihr Schmerz nicht nur rein körperlicher Natur ist. „Ich habe gerade etwas Zeit. Darf ich mich kurz zu Ihnen setzen?" Sie nickt und deutet auf den Stuhl, der neben ihrem Bett steht. Ich setze mich und ein paar Minuten lang schweigen wir einfach, dann ergreift Frau L. das Wort. „Wissen Sie, wenn ich aus einem besonders tiefen Schlaf erwache, brauche ich immer ein kleines Weilchen, um mich zu orientieren. In diesem kleinen Moment ist meine Welt noch in Ordnung. Ich suche im Dunkeln die Umrisse meines Kleiderschrankes, der zu Hause links neben meinem Bett stand. Ich finde sie nicht und mir wird bewusst, dass ich nicht zu Hause bin. Der nächste Gedankengang führt dahin, ob ich zu Besuch bei meiner Tochter oder doch im Urlaub bin. Aber dann sehe ich das rote Licht von der Notrufanlage rechts neben meinem Bett und es trifft mich wie ein Schlag, denn plötzlich weiß ich wieder ganz genau, wo ich bin. Vor allem weiß ich nicht nur örtlich, wo ich bin, sondern mir wird wieder ganz eindringlich bewusst, dass ich krank bin. So krank bin, dass ich bald sterben werde. Mir wird bewusst, dass ich nicht mehr viel Zeit habe. Nicht mehr viel Zeit, um mich zu verabschieden von den Menschen, die mir wichtig sind, nicht mehr viel Zeit, um Dinge zu tun, die ich gerne tue. Ich habe keine Liste mit Dingen, die ich noch tun möchte, um erfüllt von dieser Welt zu gehen. Ich will nicht noch mal ans Meer fahren, ein Casino ausrauben oder mich mit meiner Jugendliebe treffen. Ich hätte einfach nur gerne etwas mehr Zeit gehabt. Mehr Zeit, um meine Tochter noch ein Stück auf ihrem Lebensweg zu begleiten, um Emmi aufwachsen zu sehen, um mit meinen Freundinnen noch ab und zu mit einem Glas Prosecco auf das Leben anzustoßen." Ich bilde mir ein, den seelischen Schmerz förmlich zu fühlen, wie er in den Raum tritt, während sie mit mir spricht. Wir sprechen noch ein Weilchen weiter und als ich Frau L. schließlich frage, ob sie denn mit mir mal mit einem Prosecco anstoßen möchte, funkeln ihre Augen ein bisschen und sie willigt sofort ein. „Alkohol ist ja schließlich das beste Mittel, um wieder einzuschlafen", bemerkt sie. Ich richte in der Küche zwei Gläser auf einem Tablett an (das für mich bestimmte Glas fülle ich natürlich nur mit Apfelschorle). Wir stoßen auch auf das Leben an. Auf das Leben bis zuletzt.

Danach muss ich mich ganz schön sputen, um meine restliche Arbeit noch zu schaffen, aber als ich morgens im Auto sitze, muss ich zugeben, dass ich längere Zeit gar nicht an Arne gedacht habe. Irgend so ein Sternchen aus Funk und Fernsehen hat mal in einem Interview mit meiner Fernsehzeitschrift gesagt, dass sie auch ehrenamtlich in einem Hospiz arbeite und sie das brauche, weil sie diese Art von Arbeit erden würde. Ich finde den Ausdruck „erden" komisch, aber ich bin natürlich auch kein Promi und kann mich deshalb schlecht in die Gefühlswelt eines solchen reindenken. Mir hilft die Arbeit im Hospiz manchmal dabei, Dinge zu relativieren. Ich schaffe es besser, über den Tellerrand meiner kleinen Welt zu schauen und empfinde beispielsweise mein leeres Konto zwar immer noch nicht als erheiternd, aber doch oft nicht mehr als ganz so dramatisch wie am Vortag. Ein kleines bisschen verhält es sich so ähnlich bei meinem Liebeskummer. Mich überrollt zwar gleich wieder eine große Welle Herzschmerz, als ich auf meinem Handy mehrere Nachrichten bemerke, aber keine davon Arne als Absender ausweist, aber die ganz große Traurigkeit vom Vortag ist etwas zurückgegangen. Vielleicht liegt es aktuell aber auch an der akuten Übermüdung.

Es wird sich schon alles finden, vielleicht meldet er sich ja noch, denke ich, als ich mir kurz vor dem Zubettgehen eine überdimensionale Mozartkugel, die ich soeben dem Adventskalender entwendet habe, in den Mund stecke. Und wenn nicht, ist er vielleicht doch nicht der Richtige. Mit diesen Gedanken schlafe ich, unter mehreren dicken Decken verpackt, fest ein.

Als ich aufwache, ist es schon wieder dunkel draußen. Vielleicht aber auch immer noch. So genau weiß man das bei Nachtdienst im Dezember nie. Bei einem Blick auf die Uhr bemerke ich, dass es schon später Nachmittag ist. Ich schleppe mich aus dem Bett in die Küche und setze mich mit einem Milchkaffee und einem bereits steinharten Stück Stolle von Frau Braun ans Küchenfenster. Trotz oder vielleicht gerade aufgrund der aufsteigenden Dunkelheit habe ich noch immer einen zauberhaften Ausblick und während ich meinen Blick ausschweifen lasse, gebe ich meinen Gedanken die Gelegenheit, das Gleiche zu tun.

Auf diese Art und Weise vertrödele ich herrlich die Zeit, bis ich mich abends nach einer ausgiebigen Dusche wieder auf den Weg zur Arbeit mache.

Auch diese Nacht macht mir den anfänglichen Eindruck, ruhig zu verlaufen. Unsere Gäste schlafen ruhig oder machen zumindest den Anschein. Selbst der Professor im letzten Zimmer hat unüblicherweise bereits seinen Fernseher ausgeschaltet und schläft. Allerdings hatte er laut der Übergabe der Kollegen heute bedauerlicherweise auch keinen guten Tag gehabt und war nach mehreren Schmerzeinbrüchen und einem Sturz im Badezimmer schon früh am Abend erschöpft ins Bett gegangen. Aktuell wirkt er jedoch auf mich völlig entspannt im tiefen Schlaf und ich lasse, nachdem ich ihn ein Weilchen beobachtet habe, seine Tür einen kleinen Spalt angelehnt, um öfter und geräuschärmer diese Nacht zu ihm hereinschauen zu können.

18. Dezember

Es ist so gegen 2:30 Uhr, als ich Geräusche höre und sofort aufspringe, um ihren Ursprung zu lokalisieren. Man muss dazu sagen, dass es nachts im Hospiz, sofern man keine Angehörigen mit beherbergt oder sonstige Besonderheiten vorliegen, wirklich sehr, sehr ruhig ist. Selbst das kleinste Geräusch entgeht einem hier selten. Ich weiß nicht, wie oft bereits einem der Gäste im Dunkeln irgendetwas vom Nachtschrank gefallen ist und ich meist zur absoluten Verwunderung des jeweiligen Gastes bereits zehn Sekunden später in höchster Alarmbereitschaft vor seinem Bett stand. Heute Nacht ist mein schnelles Agieren jedoch angebracht. Die Geräusche dringen aus dem letzten Zimmer und ich finde den Professor in einem Krampfanfall vor. Er ist nicht ansprechbar und nur unter größeren Anstrengungen gelingt es mir, ihm ein krampflösendes Medikament zu verabreichen. Ich bleibe bei ihm am Bett sitzen und beobachte, wie die unkontrollierten Zuckungen seines Körpers langsam nachlassen und sich auch sowohl seine Atmung als auch seine Gesichtszüge wieder entspannen. Es ist eine typische Reaktion des Körpers, nach den Anstrengungen eines Krampfanfalls in den Schlaf zu fallen. Ich sitze noch ein Weilchen bei ihm, um sicher zu gehen, dass er in einen ruhigen Schlaf findet, bis ich wieder nach vorne ins Dienstzimmer gehe. Ich nehme die Dokumentationsakte des Professors und schreibe die Ereignisse ein. Vorne auf der Akte ist der Sohn als einziger Angehöriger aufgeführt. Er wünscht bei Allgemeinzustandsverschlechterung oder Tod seines Vaters, nur tagsüber angerufen zu werden. So haben sein Vater und er es gemeinsam beschlossen. Ich kann mich noch gut daran erinnern, da ich damals selbst die Daten mit den beiden erfasst habe.

Als ich ein Weilchen später wieder zu ihm hereinschaue, haben sich die Atmung und der Körper so verändert, dass er auf mich einen sterbenden Eindruck macht. Ich hole eine große Kerze und positioniere sie so auf seinem Nachttisch, dass der Raum angenehm warm beleuchtet wird. Vorsichtig befeuchte ich mit einem Baumwolltupfer seinen Mund und setze mich in den Lehnstuhl neben seinem Bett. So sitze ich bei ihm, betrachte ihn und lese leise ein Gedicht aus dem Buch auf dem Nachttisch vor. Eine halbe Stunde später ist er verstorben. Ich schließe seine Augen und öffne das Fenster, dann verlasse ich das Zimmer.

Kurze Zeit später trudelt meine Kollegin ein, welche heute Rufbereitschaft hat und von mir angerufen wurde. Wir haben für den Fall, dass einer unserer Gäste verstirbt, oder aber auch für den Fall, dass das Arbeitsaufkommen zu hoch ist, um von einem allein bewältigt zu werden, jede Nacht einen Rufdienst, der von uns Pflegekräften aus dem Team abgedeckt wird. Heute Nacht ist es Jenny, die mit kleinen Augen auf den Flur gestapft kommt. „Ich habe gerade so schön geträumt", beschwert sie sich, während sie mich in den Arm nimmt.

Wir waschen den Professor gemeinsam und kleiden ihn an, wie er es am liebsten mochte. Wir verabschieden uns und zum Schluss zünden wir die Kerze im Raum der Stille an. Als Jenny wieder nach Hause fährt, ist es bereits fünf Uhr morgens und ich richte noch schnell alles für den Frühdienst, bevor ich mich auf die letzte Kontrollrunde durch die Zimmer mache.

Die Gäste einschließlich Frau L. schlafen alle ruhig und ich bin sehr froh, als ich mich nach der Übergabe auf den Heimweg machen kann, um ebenfalls zu meinem wohlverdienten Schlaf zu finden. Zu Hause angekommen falle ich tatsächlich sofort ins Bett und bin gefühlte Sekunden später auch schon eingeschlafen. Ich schlafe zwar fest, aber träume mal wieder wirr und zusammenhangslos, weshalb ich mich nach dem Aufwachen nicht so richtig erholt fühle. Nach einer ausgiebigen heißen Dusche und einem großen Milchkaffee bekomme ich dann aber doch langsam wieder das Gefühl, ein halbwegs leistungsfähiger Mensch zu sein. Ich durchwühle meine Küchenschränke nach Essbarem und stelle fest, dass ich unbedingt einkaufen muss, was ich nach kurzem Überlegen jedoch auf morgen verschiebe und mir für heute in Anbetracht des ermüdenden Gedankens, dass ich nachher noch mal zum Nachtdienst muss, eine Pizza vom Lieferdienst gönne.

So mache ich es mir mit Pizza und Film auf dem Sofa gemütlich und genieße das Faul-Sein vor der Arbeit. Ich schiebe mir gerade das letzte Stück in den Mund, als das Telefon klingelt. Die Hoffnung stirbt ja bekanntlich zuletzt, so dass ich auch diesmal wieder kurz denke, dass es ja Arne sein könnte. Er ist es aber nicht, sondern meine leicht ärgerlich klingende Mutter. Ich habe schon mal überlegt, ob es am Telefon liegt, dass es ihre Stimme immer so verzerrt, dass sie so einen fiesen Unterton in der Stimme bekommt, aber ich glaube, dass sie sich tatsächlich jedes Mal ärgert, wenn sie mich anruft. Ich glaube, sie ärgert sich schon allein über den Zustand, dass ich sie nicht angerufen habe und sie stattdessen wieder die Initiative ergriffen hat. Auch heute giftet sie direkt los: „Ich wollte mal hören, ob du noch lebst. Auf die Nachrichten, die ich dir geschickt habe, erwarte ich ja noch eine Antwort und könnte wahrscheinlich auch noch bis zum nächsten Jahr warten." Stimmt, sie hatte mir ja geschrieben. Ich bin aber vermutlich auch einfach eine schlechte Tochter. Ständig vergesse ich unsere Verabredungen, melde mich nicht auf Nachrichten zurück, komme selten zu Besuch. Vermutlich wäre ich für fast jede Mutter eine Zumutung. Dabei mache ich das noch nicht mal absichtlich. Irgendwie passiert das immer. „Es tut mir leid, Mama", sage ich, während ich versuche, in meinen Gedanken zu kramen, um die Erinnerung darüber, was der Inhalt der von meiner Mutter verfassten Nachricht war, zu finden. Ich werde fündig: Sie hatte mich gefragt, ob ich nächsten Samstag, jetzt mittlerweile schon übermorgen, zum Essen komme. „Ich dachte, ich hätte dir schon geantwortet." Ich höre sie am anderen Ende der Leitung schnauben. „Ich komme natürlich gerne zum Essen." „Das ist schön, mein Kind. Da freue ich mich." Der biestige Unterton in ihrer Stimme ist mit einem Schlag verschwunden. Der eindeutige Beweis, dass es nicht am Telefon liegt. Dafür verziehe ich jetzt das Gesicht, weil ich, seitdem ich die Dreißig-Jahre-Grenze überschritten habe, wieder genauso ungern „Kind" genannt werde wie als Jugendliche. Ich schlucke es jetzt aber ganz artig runter und sage nichts dazu, plaudere stattdessen noch kurz mit meiner Mutter und lege schließlich, mit dem Versprechen, am Samstag pünktlich zu sein, auf. Ich trage die mittägliche Essensverabredung gleich in meinen Kalender ein und bemerke nach einem Blick auf die Uhr, dass es schon an der Zeit ist, mich bald wieder auf den Weg ins Hospiz zu machen. Ich gehe ins Bad, mache mir die Haare und lege, bevor ich meine Wohnung verlasse, im Wohnzimmer vor dem Adventskalender einen kleinen Zwischenstopp ein. Ich ziehe aus dem Säckchen für den heutigen Tag noch ein kleines buntes Stoffsäckchen. Als ich einen Blick hineinwerfe, weiß ich sofort, was darin ist: Sorgenpüppchen. Doro und ich hatten als Kinder immer welche vorrätig für den Notfall. Ein Brauch, ich glaube, aus Peru. Ganz kleine Püppchen, denen man abends vorm Schlafengehen seine Sorgen erzählen darf, dann legt man sie unter das Kopfkissen und am nächsten Tag sind nur noch die kleinen Figürchen da und die Sorgen

115

verschwunden. Als Kinder haben wir ganz fest an diesen Mythos geglaubt, obwohl ich mich gar nicht mehr erinnern kann, ob unsere Sorgen tatsächlich fortgetragen wurden. Ich muss lächeln, während ich das Säckchen mit den Püppchen auf meinen Nachtschrank im Schlafzimmer lege. Ich freue mich jetzt schon darauf, sie wie in Kindertagen zu benutzen.

Im Hospiz angekommen nehme ich wie gewohnt meine Arbeit auf. Das letzte Zimmer ist leer. Der Professor wurde heute am späten Nachmittag vom Bestattungsinstitut abgeholt. Anschließend war sein Sohn da gewesen und hatte seine Sachen gepackt und mitgenommen. Die Kollegen bitten mich, sein Bett zu reinigen, da sie das heute nicht mehr geschafft haben und morgen ein neuer Gast zur Aufnahme geplant ist, der dieses Zimmer beziehen soll. Die Gäste schlafen alle bei meinem ersten Durchgang, weshalb ich mich auch gleich danach an diese Aufgabe mache. Ich denke an den Professor, während ich das Bett abziehe und die Matratze desinfiziere. Ich denke an ihn und die wenigen Momente, die ich mit ihm geteilt habe, die Gespräche, den Gedankenaustausch und das Sterben in der letzten Nacht. Ich bin dankbar dafür, dass ich ihn, so wie die meisten unserer Gäste, ein kleines Stück mit begleiten durfte und atme einmal tief durch, als ich mit meiner Arbeit fertig bin und die Tür wieder schließe.

19. Dezember

Gegen vier Uhr bin ich mal wieder dabei, leise in die Gästezimmer zu schauen. Als ich bei Frau L. den Kopf durch die Tür stecke, liegt sie wach im Bett. Sie hat den Blick zur Tür gerichtet und winkt mir zu, als sie mich erblickt. „Guten Morgen, Elisabeth." „Guten Morgen! Na, Sie sind heute ja schon früh wach." „Ja, ich liege schon fast seit einer Stunde wach und komme nicht mehr in den Schlaf. Haben Sie einen Tipp für mich? Ich will jetzt auch keine Schlaftablette mehr nehmen um die Uhrzeit, sonst komme ich heute den ganzen Tag nicht mehr in Schwung." „Hm", ich trete näher an ihr Bett, während ich überlege. „Vielleicht eine Auflage mit Lavendelöl, ein warmes Körnerkissen oder eine heiße Milch mit Honig", gebe ich meine erstbesten Ideen preis. „Ich kann dem Geruch von Lavendel nichts abgewinnen, das würde mich eher aufregen als beruhigen", lacht sie. „Aber vielleicht könnten Sie mir ja statt der warmen Milch mit Honig auch einen warmen Kakao machen. Das hat mir meine Mutter früher oft als Einschlaftrunk zubereitet und zumindest als Kind hat es mir geholfen."

„Natürlich." Ich will gerade aufstehen, da nimmt sie meine Hand. „Und noch eine Frage: Haben Sie eventuell Zeit, einen Kakao mitzutrinken oder mir zumindest kurz Gesellschaft zu leisten? Ich glaube, eine kurze Unterhaltung könnte mir auch helfen, die Gedanken, die mir den Schlaf rauben, zu verscheuchen." Ich willige ein und verschwinde in die Küche, um uns zwei Tassen Kakao fertig zu machen.

„Wissen Sie, ich denke viel in letzter Zeit an meine Mutter", sagt Frau L. kurze Zeit später, als ich wieder an ihrem Bett sitze und wir an unseren Kakaotassen nippen. „Sie hat uns alleine großgezogen und sie hatte es dabei wirklich nicht immer leicht. Aber sie hat sich immer bemüht, mir und meinem Bruder eine möglichst schöne Kindheit zu bereiten und uns bestmöglich auf das Leben als Erwachsene vorzubereiten. Sie selbst hat dabei selbstlos auf vieles verzichtet und oft zurückgesteckt. Ich bin ihr sehr dankbar. Leider ist sie viel zu früh gestorben. Viel zu früh, als dass ich meine Dankbarkeit passend zum Ausdruck hätte bringen können." Sie macht einen Moment Pause. „Vielleicht kann ich meine vermehrt um sie kreisenden Gedanken und Träume auch als Zeichen werten. Als Zeichen, dass wir uns bald wiedersehen." Wir schweigen einen Moment. „Was ist mit Ihren Eltern?", fragt sie schließlich. „Wohnen sie in der Nähe?" „Ja, am Stadtrand. Zehn Minuten von mir aus mit dem Rad, fünf Minuten mit dem Auto." „Oh, das ist aber schön. Da sehen Sie sich bestimmt häufig."

Ich werde rot wie ein Schulkind, das man beim Schummeln erwischt hat. Gut, dass das Licht im Zimmer so schummerig ist, sodass Frau L. meinen akuten Farbwechsel nicht gleich bemerkt. „Na ja, mal mehr, mal weniger, wie es die Zeit gerade zulässt." Sie schaut mich an.

„Versäumen Sie es nicht, genügend Zeit mit Ihren Eltern zu verbringen. Irgendwann kommt Ihnen die gemeinsame Zeit wie ein kostbares Gut vor, von dem Sie so gerne noch mehr gehabt hätten. Hören Sie ruhig auf die weitsichtige Meinung einer sterbenden Frau." Sie drückt meine Hand leicht und gähnt. „So, und jetzt bedanke ich mich bei Ihnen für den gemeinsamen nächtlichen Umtrunk und lass Sie mal noch in Ruhe Ihre Arbeit machen. Ich fühle mich tatsächlich wieder angenehm bettschwer." Ich verabschiede mich für heute von Frau L. und als ich später am Morgen meine letzte Runde mache, schlummert sie tatsächlich wieder tief und fest.

Auf dem Nachhauseweg fahre ich einen kleinen Umweg und halte bei meinem Lieblingsbäcker an, um mir ein Franzbrötchen zu kaufen. Dieses verzehre ich kurze Zeit später gemeinsam mit einem Milchkaffee am Küchenfenster sitzend. Das ist eine kleine Tradition von mir. Nach dem letzten Nachtdienst genieße ich es immer, am Fenster zu sitzen und ein Weilchen zu beobachten, wie die Stadt langsam wach wird. Irgendwie hat es doch einen besonderen Reiz zu sehen, wie langsam nach und nach immer mehr Lichter die Straßen und Wege erhellen und somit ein neuer geschäftiger Tag eingeläutet wird, während man selbst den Luxus genießen kann, seinen Arbeitstag bereits hinter sich gebracht zu haben.

Kurze Zeit später übermannt mich dann aber doch eine große Welle von Müdigkeit, so dass ich mich gezwungen sehe, meine Beobachtungen zu beenden und stattdessen mein Bett aufzusuchen.

Ich schlafe bis in den späten Nachmittag hinein und erwache mit leichten Kopfschmerzen. Irgendwie fühle ich mich desolat. Ein Blick in den Spiegel zeigt mir, dass ich mich nicht nur so fühle, sondern auch so aussehe. Rot geäderte Augen, struppige Haare, verquollenes Gesicht. Ich nehme eine Kopfschmerztablette und steige unter die Dusche, was dazu führt, dass ich mich kurze Zeit später zumindest körperlich leicht rehabilitiert fühle. Leider aber auch wirklich nur körperlich. Weiterhin keine Nachricht, kein Anruf von Arne. Keine Erklärung, was sein Verhalten bedeuten sollte. Er lässt mich wirklich weiterhin allein im Regen stehen. Und jetzt wird auch noch erwartet, dass ich mich bei ihm melde, nachdem er sich so abweisend verhalten hat? Ich glaube, ich spinne! Während ich mich gedanklich aufrege und mir zeitgleich die Zähne putze, fällt mein Blick auf den Nikolausstiefel-Ohrstecker, welcher immer noch ganz allein, ohne seinen passenden Partner, auf meiner Waschbeckenablage liegt. Der Blödmann hat mir ja noch nicht mal meinen Ohrring zurückgegeben, schießt es mir durch den Kopf. Was soll das eigentlich? Dann hätte er ihn auch gar nicht erst mitnehmen sollen. In diesem Moment emotionaler Überreaktion greife ich nach meinem Handy und schreibe: „Ich möchte zeitnah meinen Ohrstecker wiederhaben! Er ist ein Geschenk von meiner Schwester und mir deshalb wichtig. Kannst ihn auch in den Kasten werfen, wenn du mich nicht sehen möchtest."

Völlig untypisch für mich wähle ich Arnes Kontakt aus und schicke die Nachricht ohne langes Zaudern los. So, jetzt habe ich mich gemeldet. Jetzt kann er was draus machen oder auch nicht. Ich bleibe noch ein paar Minuten bewegungslos mit meinem Handy in der Hand stehen und starre es an in der Hoffnung, postwendend eine Antwort zu bekommen, aber es passiert natürlich wie üblich nichts.

So geht es nicht weiter, sage ich zu mir selbst, lege mein Handy weg und schlurfe in die Küche. Ich muss langsam versuchen, mich von diesem ganzen Arne-Drama zu lösen. Ich kann meine Freizeit schließlich auch schöner verbringen als darauf zu warten, dass der Herr sich dazu herablässt, sich bei mir zu melden. Vielleicht hat er ja auch einfach schon eine Andere, während ich mir hier den Kopf zerbreche.

Ich öffne den Kühlschrank und mir fällt auf Grund der fast völlig fehlenden Füllung wieder ein, dass ich dringend einkaufen muss. Auch das noch! Ich motiviere mich mit dem Gedanken, mir auf dem Rückweg was von Costa mitzunehmen und verlasse mit zwei leeren Einkaufstüten behangen meine Wohnung. Klirrende Kälte empfängt mich auf der Straße und ich brauche gefühlte zwei Stunden, bis ich mein Auto so weit freigekratzt habe, dass ich zumindest erahnen kann, was sich auf der Straße vor und hinter mir so zuträgt. Meine Laune ist daher nicht gerade auf dem Weg der Besserung, als ich den von mir favorisierten Lebensmittelhandel endlich erreiche. Schon im

Eingangsbereich erschlägt mich die meines Erachtens völlig überzogene Weihnachtsdekoration. Zu meiner linken Hand steht ein überdimensionaler Weihnachtsmann, der in einem Bauchladen paketeweise Lebkuchen anpreist und zu meiner rechten Hand werden die floralen Eigenarten der Adventszeit zum Kauf angeboten. Massenhaft Weihnachtssterne, in Rot, in Weiß und in Pink. Größtenteils mit Glitzer angesprüht und Abbildungen von Engelchen auf den Übertöpfen, daneben Amaryllis und Pfingstrosen in ebenfalls zweifelhaft schönen Übertöpfen. Darüber hingen Mistelzweige in verschiedenen Größen an roten Samtbändern von der Decke. Eigentlich finde ich Weihnachtssterne sehr hübsch, aber die Idee, sie mit Glitzer zu besprühen und in solche Übertöpfe zu stecken, finde ich doch mehr als fragwürdig und sie bewirkt bei mir lediglich, dass die Pflanzen auf mich befremdlich wirken. Allerdings muss ich beim Anblick der Engel an meine Mutter denken. Früher hatte sie eine kleine Sammlung von Engelfiguren, welche bei uns im Wohnzimmer auf einer Kommode aufgebaut war. Doro und ich haben immer den hässlichsten Engel gekürt und gelegentlich auch Einzelstücke entwendet, um sie in unser Puppenhaus einziehen zu lassen. Vielleicht war das auch der Grund, warum die Figuren irgendwann aus unserem Sichtfeld verschwunden waren.

Irgendwann waren sie allesamt von der Kommode verschwunden und ich weiß bis heute nicht, wohin.

Ich beschließe kurzerhand, ihr einen von den Weihnachtssternen mitzunehmen, beuge mich vor und fische eine üppig aussehende weiße Pflanze aus der Menge, als mich jemand von der Seite anspricht: „Ich wusste ja gar nicht, dass du auf solchen Kitsch stehst." Ich erschrecke mich und kann mich gerade noch durch Zuhilfenahme der mir gereichten Hand in Balance halten, um nicht in das Blumenmeer zu fallen. „Hoppla Lissy, ich wollte dich nicht erschrecken. Obwohl ich mich ein bisschen gefreut hätte, wenn du unter den Mistelzweigen gelegen hättest." Ich schaue direkt in Arnes Gesicht und weiß gar nichts zu sagen. Schlagfertigkeit gehört leider so gar nicht zu meinen Stärken. Ich gehöre zu den Menschen, denen die passende Antwort erst Stunden später einfällt und die sich dafür aber noch Tage später darüber ärgern können, dass sie diese nicht in der richtigen Situation parat hatten. „Hm, ja", entgegne ich sinnfrei und versinke in seinen braunen Augen. So stehen wir noch ein kleines Weilchen nebeneinander. Arne hält meine Hand und auch meinen Blick fest. Schließlich lässt er meine Hand aber doch los, beugt sich nach vorne und reicht mir den Weihnachtsstern, den ich aus der Menge herausgesucht hatte.

„Diesen wolltest du haben, oder?" „Ja, danke! Ich will ihn meiner Mutter schenken." Langsam fange ich mich wieder. Was ist hier eigentlich los? Jetzt spricht er wieder mit mir als wäre nichts, flirtet sogar. Ich trete einen Schritt zurück, um zumindest eine räumliche Distanz zwischen uns zu schaffen. „Ich habe dir vorhin eine Nachricht geschickt."

„Ja, habe ich gelesen. Ich wollte mir ein bisschen Mut antrinken und dich dann nachher anrufen." Er deutet auf eine Kiste Bier in seinem Einkaufswagen und lächelt mich etwas schief an. Ich lächele automatisch zurück, obwohl ich das eigentlich gar nicht will.

„Wie sieht es aus? Kann ich dich auf ein Bier einladen? Dann können wir reden." Ich zögere etwas. Auf der einen Seite würde ich jetzt zu gerne mit Arne irgendwo sitzen und Bier trinken, auf der anderen Seite habe ich das Gefühl, als würde ich ihm den Eindruck vermitteln, dass ich nur auf ihn warte. Außerdem habe ich auch ein kleines bisschen Angst, wie er mir sein Verhalten seit unserem zufälligen Weihnachtsmarkttreffen erklären will.

„Ich muss jetzt erst mal einkaufen. Deshalb bin ich ja hier", antworte ich und klinge dabei eine Spur patziger, als ich es beabsichtigt hatte. „Wie wäre es, wenn ich dir beim

Einkaufen helfe und wir danach zusammen was trinken oder essen gehen? Oder beides?" „Wenn du unbedingt willst." „Ja, will ich ganz unbedingt. Warte bitte hier! Ich bringe nur ganz schnell die Kiste ins Auto, dann bin ich wieder bei dir." Arne saust los und steht circa zwei Minuten später wieder neben mir. Er schiebt meinen Einkaufswagen und wir arbeiten meine Einkaufsliste ab. Wir unterhalten uns darüber, wie viele Keime sich auf diesen Wagen befinden, welche Produkte wir bevorzugen, welche Werbung uns zum Kauf animiert und welche uns eher abschreckt. Eigentlich sprechen wir über alles, außer über uns. Wir lachen viel und wie beiläufig nimmt er zwischendurch immer wieder mal meine Hand. Als wir die Getränkeabteilung erreicht haben und vor dem Sektregal stehen, sucht Arne eine Flasche der Marke heraus, welche wir an Maries Geburtstag zuhauf geköpft haben. Er stellt sie, ohne mich zu fragen, in den Wagen und küsst mich. Ebenfalls ohne mich zu fragen. Und weil sich gerade alles so perfekt anfühlt, schließe ich die Augen und lasse mich küssen. An der Kasse bezahlt er trotz Protest meinerseits den Einkauf, packt alles sorgfältig in Tüten und trägt sie mir zum Auto. Wir parken nebeneinander auf dem Parkplatz vor dem Mehrfamilienhaus, in dem ich wohne. Ich instruiere Arne, sich im Treppenhaus möglichst leise zu verhalten, um Frau Braun nicht auf uns aufmerksam zu machen und er trägt mir meine Einkäufe nach oben. Ich verschwinde kurz im Bad und öffne anschließend die Flasche Sekt, während Arne mir die Erlaubnis abringt, sich in meiner, nicht auf Besuch eingestellten, deshalb leider sehr unaufgeräumten Wohnung umzusehen. „Du hast deinen Adventskalender heute noch gar nicht aufgemacht", bemerkt er, als er von seinem Streifzug zurückkommt und ich ihm ein mit Sekt gefülltes Glas in die Hand drücke. „Stimmt! Kann ich ja gleich noch nachholen."

Wir gehen gemeinsam ins Wohnzimmer und ich öffne das Säckchen mit der Nummer 19. Darin befindet sich ein kleines Tütchen mit Traubenzuckerherzen. „Oh, die habe ich als Kind oft gegessen!", ruft Arne. „Die waren immer in der gemischten bunten Tüte vom Kiosk dabei. In jedes Herzchen ist was eingeprägt, oder?" „Ja, stimmt! Doro und ich haben die früher auch gern gegessen." Wir setzen uns ans Küchenfenster und stoßen an. Die Tüte mit den Traubenzuckerherzen reiße ich auf und stelle sie vor uns ab.

Ich warte darauf, dass Arne was sagt und er das Gespräch, welches zwischen uns aussteht, beginnt. Mir erklärt, wer seine Begleiterin auf dem Weihnachtsmarkt war; mir erklärt, warum er sich nicht gemeldet, aber dafür Marie vorgeschickt hat. Aber es kommt nichts von ihm und so schweigen wir uns an. Ein fast unerträgliches Schweigen. Ich greife in die Tüte und nehme mir eins von den Herzchen. Ich will es mir gerade in den Mund stecken, als ich die Prägung lese. „Playboy" steht da gut leserlich. „Ach guck mal, das ist für dich", sage ich und reiche es ihm. Arne schaut mich an, dann das Herz, dann wieder mich. „Glaubst du das wirklich?"

„Ich weiß nicht so richtig, was ich glauben soll." Ich merke, wie er nach Worten ringt, aber offensichtlich keine findet. Stattdessen zieht er auch ein Herz aus der Tüte, schaut es sich an, lächelt und legt es vor mir hin. „Dann ist das hier für dich." „I love U" ist auf rosa Traubenzucker gestanzt. „Was soll das? Ist das dein Ernst?" Ich schaue ihn zweifelnd an. „Mein voller Ernst."

20. Dezember

Ich merke sofort, dass ich allein im Bett liege, obwohl ich gestern nicht allein eingeschlafen bin. Ich schaue auf mein Handy, das wie üblich auf dem Nachtschrank liegt. 8:15 Uhr morgens. Kein Eingang von Anrufen oder Nachrichten. Ich benötige noch einen kleinen Moment, um mich gedanklich zu sortieren, dann stehe ich auf. Arne wird doch wohl nicht schon weg sein? Wie kann ich nur immer wieder so blöd sein? Ich stürze auf den Flur und sehe ihn von dort aus in der Küche stehen. Mein Herz macht einen Sprung. „Ich war schon beim Bäcker und habe uns Frühstück gemacht", sagt er und lächelt mich etwas mühsam an. „Oh, wie toll! So einen Service bin ich ja gar nicht gewohnt." Ich lächele zurück.

„Setz dich hin. Wir müssen reden." Ich tue, wie mir geheißen, lass mir Kaffee einschenken und nehme mir ein Brötchen. Aus irgendeinem Grund bin ich tiefenentspannt. Arne ist hier, er hat mir Frühstück gemacht. Also ist alles in Ordnung, sagt mir mein Gefühl. Oder etwa nicht?

„Lissy, jedes Mal, wenn ich dich sehe, wünsche ich mir nichts mehr, als mir dir zusammen zu sein. Und jedes Mal, wenn wir zusammen sind, möchte ich nicht, dass es aufhört." Er macht eine Pause. „Aber ich kann jetzt gerade keine feste Beziehung eingehen. Ich muss unbedingt noch ein paar Dinge regeln und für mich klarkriegen." Ich verschlucke mich am Kaffee. „Die Frau, mit der du mich auf dem Weihnachtsmarkt gesehen hast, ist meine Exfreundin Cindy. Sie ist mir hinterher gereist, um mit mir zu reden und wünscht sich, dass wir unserer Beziehung noch eine Chance geben." Ich schaue ihn fassungslos an. „Wir haben doch eben gerade die Nacht miteinander verbracht." „Ich weiß." Er schaut zu Boden. „Lissy, ich bin total in dich verliebt, aber es ist bei mir im Moment alles nicht so einfach. Cindy und ich waren fast 13 Jahre zusammen. Wir haben eine Menge miteinander erlebt. Wir hatten schöne und manchmal auch schwere Zeiten. Das hat uns zusammengeschweißt. Ihr geht es gerade nicht so gut. Ich kann ihr im Moment keine neue Freundin präsentieren, damit würde ich sie vor den Kopf stoßen." „Ja, gut. Dann weiß ich ehrlich gesagt nicht, was du von mir willst. Wenn du so an deiner Exfreundin hängst, solltest du dir eher überlegen, ob es richtig war, sich von ihr zu trennen." Jetzt guckt er mich fast verzweifelt an. „Sie hatte vor einem knappen halben Jahr eine Fehlgeburt. Das Kind wäre von mir gewesen. Ich fühle mich verantwortlich." „Das tut mir leid." Wir gucken uns an und ich habe zum ersten Mal das Gefühl, Arne nicht zu kennen. Diese Vertrautheit, welche ich meinte, sonst immer zwischen uns gespürt zu haben, ist schlagartig verschwunden. „Ich glaube, es ist dann besser, du gehst jetzt." Ich stehe auf und gehe vor zur Tür. Aktuell habe ich keinen dringenderen Wunsch, als dass diese Situation endet. „Willst du mich denn noch mal sehen?" „Ich bin keine Affäre. Du musst schon wissen, was du willst. Vielleicht ist es unter gegebenen Umständen sowieso das Beste, wenn du deiner vorigen Beziehung noch eine Chance gibst und wir vergessen das alles." „Lissy, ich wollte ..." Ich schiebe ihn vor die Tür und schließe dann selbige. Ich kann mir das jetzt nicht mehr anhören. Ich will, dass er geht und dieses dumpfe Gefühl, was in mir aufsteigt, am besten gleich mitnimmt. Ich bleibe noch an der Tür stehen. Das macht Arne offensichtlich auf der anderen Seite auch, da es ein Weilchen dauert, bis ich seine Schritte auf der Treppe höre und dadurch weiß, dass er über das Treppenhaus das Haus verlassen hat. Ich atme tief durch und gehe unter die Dusche. Danach beziehe ich mein Bett neu und räume anschließend die Küche auf. Die Brötchen werfe ich in den Müll. Ich mache mir einen Milchkaffee, setze mich ans Küchenfenster und merke, wie die Traurigkeit in mir hochsteigt. Tränen verschleiern mir meinen Blick auf die Bergwiesen und ich sitze bestimmt eine halbe Stunde da und weine.

Man muss dazu wissen, dass bei mir allerdings relativ schnell die Tränen fließen. Ich weine auf der Arbeit und zu Hause, häufig im Auto, manchmal unangenehmer Weise auch in der Öffentlichkeit. Ich habe schon beim Bäcker, in der Disco und auf dem Eiffelturm geflennt, bei Filmen und bei Büchern, sogar bei bestimmten Liedern. Ich weine aus Traurigkeit, aus Frustration, vor Rührung, aus Wut, aus Mitleid, aus Angst, aus Enttäuschung, oft, weil mich Stimmungen in gewissen

Situationen mitreißen. Als Jugendliche habe ich es gehasst, dass mich meine Emotionen derart überrennen, dass ich die Tränen nicht zurückhalten kann. Heute empfinde ich es in manchen Situationen natürlich immer noch als störend, habe mich allerdings im Großen und Ganzen damit abgefunden. Vielleicht ist dieses Ventil, durch das ich meine Gefühle ausdrücken und eventuell auch etwas ablassen kann, ja der Grund dafür, dass ich trotz psychisch anstrengender Arbeit, mehreren gescheiterten Beziehungen und aktuellem Singledasein noch keine psychotherapeutische Hilfe in Anspruch nehmen musste.

Manchmal fühle ich mich anschließend auch tatsächlich etwas erleichtert. Heute ist dies jedoch nicht der Fall. Ich versuche im Bad, mich zumindest etwas wiederherzustellen, kühle meine verquollenen Augen, schminke mich anschließend und nehme eine Kopfschmerztablette. Ich nehme den gestern gekauften Weihnachtsstern, der auf der Flurkommode steht und verlasse meine Wohnung. Ich muss jetzt hier raus.

Fünf Minuten später fahre ich in die Einfahrt meines Elternhauses. Als nach mehrfachem Klingeln niemand öffnet, fällt mir auf, dass ich fast drei Stunden vor unserer verabredeten Zeit hier bin. Wieder nach Hause oder in die

Stadt fahren möchte ich jetzt in diesem Gemütszustand allerdings auch nicht. Ich hätte mich jetzt einfach gerne in den Arm nehmen lassen und mich an den Küchentisch gesetzt. Das Handy von meinem Vater ist aus und meine Mutter geht nicht dran. Das klappt ja super, wenn man die beiden erreichen möchte. Ich gehe einmal ums Haus und setze mich in die Gartenlaube. Hier sieht alles noch genauso aus, wie in meiner Kindheit. Der selbe abgenutzte Rechen hängt an der Wand und auch die Pflanzgefäße, die in der Ecke stehen, weil sie im Winter keine Verwendung finden, sahen damals schon genauso aus und waren exakt an der gleichen Stelle aufgestapelt. Beim näheren Betrachten bilde ich mir sogar ein, dass sie in der gleichen Reihenfolge und Art und Weise aufgestapelt sind, wie bereits vor fast drei Jahrzehnten. Vielleicht sind meine Eltern ja Autisten, oder zumindest einer von ihnen. Das muss ich unbedingt mal mit Doro besprechen. Mein Blick fällt auf einen kleinen grünen Blumentopf, der ganz versteckt hinten auf einem der stützenden Dachbalken steht. Die niedrige Dachhöhe erlaubt es mir, ihn im Stand herunterzunehmen. Ganz klar, mein Vater ist der Autist. Denn er hat damals schon diesen Blumentopf als Versteck für seine Zigaretten genutzt. Ich hole eine Packung Peter Stuyvesant inklusive Feuerzeug aus dem Topf und zünde mir eine an. Meine letzte Zigarette ist bestimmt schon über zehn

Jahre her, was zur Folge hat, dass ich erst mal fürchterlich husten muss. Warum auch immer rauche ich sie trotzdem zu Ende. Ich glaube, mein Vater war und ist wahrscheinlich der festen Meinung, dass Doro und ich keine Ahnung hatten von seinem gelegentlichen Tabakkonsum. Ich habe die Zigaretten gerade wieder sorgfältig in ihr sicheres Geheimversteck zurückgelegt, als ich ein Klappern höre und sehe, wie mein Vater mit dem Fahrrad um die Ecke kommt. Das klappernde Geräusch ist dem Anhänger hinten am Rad geschuldet. Jetzt fällt mir auch ein, wo er war: Samstagvormittag - da hat er, glaube ich, noch nie etwas anderes gemacht, als Papier und Altglas wegzubringen. Mein Verdacht mit dem Autismus verhärtet sich. Fährt der hier doch echt mitten im Winter noch mit dem Hänger am Fahrrad zum Container. Ich gehe auf ihn zu und winke. „Lissy, du bist ja schon da. Wartest du schon lange?" Ich schüttele den Kopf und er schließt mich in die Arme. „Sag mal, wie riechst du denn? Du hast doch nicht etwa geraucht? Ich brauche dir ja wohl in deinem Alter nicht zu sagen, dass es kaum was Ungesünderes für den menschlichen Organismus gibt, als ihm solche Giftstoffe zuzuführen?"

„Ich weiß, Papa, war eine Ausnahme." „Das will ich aber mal schwer hoffen. Wenn das deine Mutter erfährt. Wir sagen ihr lieber nichts." Wenn ich bedenke, dass ich zwei Jahre lang täglich geraucht habe und meine Eltern nichts bemerkt haben ... Aber fünf Jahre später rauche ich eine einzige Zigarette und es fällt sofort auf. Wir gehen ins Haus. „Mama ist noch einkaufen. Sie müsste aber bald kommen. Soll ich dir solange einen Tee oder einen Kakao machen?" Ich nicke und kuschele mich in die Ecke der Holzbank, die den Küchentisch zur Hälfte umrundet.

Kurze Zeit später stehen zwei Tassen Kakao auf dem Tisch und mein Vater sitzt mir schräg gegenüber. „Geht es dir gut, Elisabeth?" „Hm", mache ich und gucke nach unten. Ich will jetzt nicht schon wieder heulen. Ich habe zwar wie bereits erwähnt schon wirklich oft und auch vor vielen Leuten geweint, aber vor meinen Eltern empfinde ich es, warum auch immer, am unangenehmsten. Vielleicht liegt das aber auch daran, dass sie mich oder Doro nicht weinen sehen können. Das war schon immer so. Man wird sofort umarmt und gedrückt, was sich unglücklicherweise bei mir höchst förderlich auf den Tränenfluss auswirkt.

Dann wird man befragt und beraten aufs Übelste. Ich weiß, sie meinen es wirklich immer gut, aber gerade würde ich gerne auf all das verzichten. Ich gebe mir also die allergrößte Mühe, mich zusammenzureißen. „Alles gut. Wieso denn auch nicht?" „Weil du hier über zwei Stunden vor der verabredeten Zeit vorm Haus stehst, geraucht hast und irgendwie nicht gut aussiehst."

„Ich bin gestern früh erst aus dem Nachtdienst gekommen und konnte deshalb letzte Nacht nicht so gut schlafen. Ich bin einfach nur noch etwas müde und dadurch wohl auch zeitlich etwas orientierungslos." „Ah so." Mein Vater schaut mich an, als würde er meine Antwort wenig glaubwürdig finden, bohrt aber zu meinem Glück nicht weiter nach. „Guck mal, habe ich für Mama besorgt", lenke ich ab und deute auf den Weihnachtsstern, den ich auf dem Küchentisch in die Mitte gestellt habe. „Ja, sehr schön! Da wird sie sich freuen." So ist es auch tatsächlich, als meine Mutter kurze Zeit später ebenfalls zu Hause eintrifft und ich ihr die Blume überreiche. Ich bleibe bis in den frühen Abend bei meinen Eltern und schaffe es tatsächlich in diesem Zeitraum, mir vor meiner Mutter nichts von meinem zerstörten Seelenheil anmerken zu lassen. Mein Vater drückt mich zum Abschied etwas fester als sonst. „Du kannst jederzeit zu uns kommen, wenn es dir nicht gut geht. Das weißt du hoffentlich."

Als ich zu Hause die Tür aufschließe, holt mich die Situation, aus der ich heute früh geflüchtet bin, sofort wieder ein. Mein Magen krampft sich etwas zusammen, während ich den AB abhöre. Marie fragt, ob es mir gut geht. Was soll ich dazu sagen? Offensichtlich ist sie ja bereits im Bilde, was die Antwort auf diese Frage eigentlich erübrigen sollte. Den Gedanken, dass sie vielleicht bereits schon im Vorfeld wusste, was los war und mir nichts erzählt hat, verdränge ich gleich wieder. Zum Zurückrufen fehlt mir trotzdem gerade die Motivation. Ich gehe ins Bad und lasse heißes Wasser in die Wanne laufen. Mir ist so unglaublich kalt. Nachdem ich eine gute Stunde in der Badewanne zugebracht habe, rolle ich mich auf dem Sofa in eine Decke und versuche, irgendetwas im Fernsehen zu finden, was mich interessiert und bestenfalls meine Gedanken in eine andere Richtung lenkt.

Dieses Vorhaben gestaltet sich allerdings als äußerst schwierig und ich schalte entnervt den Fernseher wieder aus. Als ich aufstehe, fällt mein Blick auf den Adventskalender. Ich öffne das für den heutigen Tag vorgesehene Säckchen und finde einen Keksausstecher in der Form einer Sternschnuppe in ihm vor. Doro hat ein Zettelchen daran befestigt: „Wünsch dir was und back mal wieder Plätzchen." Ich muss trotz allem kurz lächeln. Als ich den Ausstecher in der Küche in den Schrank lege, trete ich auf ein Traubenzuckerherz, das hier gestern wohl aus der Tüte gefallen sein muss. „S.O.S." ist auf den gelben Untergrund eingestanzt.

Die können sich ihre blöden Botschaften auch sparen, kam gestern ja auch schon nichts Vernünftiges dabei heraus. Ich werfe das Herzchen in den Mülleimer und gehe ins Bett.

21. Dezember

„Hey Lissy! Du hast doch frei? Hast du vielleicht Lust auf einen Saunatag? Melde dich doch bitte bei mir! Auch wenn du keine Lust hast. Ich will hören, wie es dir geht. Deine Marie".

Um 5:30 Uhr hat mich diese Nachricht via Handy erreicht. Wahnsinn, dass es Menschen gibt, die ohne Störungen oder Hilfsmittel sonntags um diese Uhrzeit sowohl wach als auch noch in der Lage sind, sich Gedanken zu machen, wie sie den Tag gestalten wollen.

Auf jeden Fall hat es sie wahrscheinlich in Alarmbereitschaft versetzt, dass ich gestern auf ihren Anruf keine Reaktion von mir gegeben habe. Ich blinzele nach der Uhr und erkenne im

Halbdunkeln, dass es kurz vor acht Uhr sein muss. Ich putze mir die Zähne und rufe Marie an.

„Ich bin vielleicht froh, dass du dich meldest. Wie geht es dir?" „Na ja … Arne hat dich ja bestimmt über die neuesten Entwicklungen informiert." „Ja, er hat mir alles erzählt. Er sagte, du wirktest so verletzt. Lissy, es tut mir echt leid." Mir fällt darauf keine passende Erwiderung ein, weshalb ich schweige. „Bist du noch dran? Kann ich irgendwas für dich tun?" „Nee, passt schon alles." Die Formulierung „passt schon" wird von mir höchst selten und nur für die Umschreibung solcher Situationen benutzt, in denen rein gar nichts passt. Marie kennt mich und meine Eigenarten jedoch schon so lange, dass sie meist in der Lage ist, meine widersprüchlichen Aussagen richtig zu deuten. „Lissy, denk jetzt bitte nicht, dass ich dir bewusst irgendwas verschwiegen habe. Ich wusste, dass Arne und Cindy eine schwere Zeit hinter sich hatten. Aber ansonsten wusste ich von gar nichts. Ich dachte, zwischen euch bahnt sich ernsthaft was an. Arne wirkte ganz verliebt auf mich und, ganz ehrlich, wir sprechen nicht über unser Liebesleben. Haben wir noch nie getan." Ich muss schlucken. „Ja, ist schon okay. Glaube ich dir." Marie atmet tief ein. „Wie sieht es denn aus? Hast du Zeit und Lust auf Sauna? Ich könnte dich abholen und wir fahren in die

Soletherme." In der Soletherme gibt es eine riesige Saunalandschaft mit fünf verschiedenen Saunatypen und nebenbei kann man im beheizten Außenbereich auch im Winter ganz fantastisch und in besonderer Atmosphäre schwimmen. Marie weiß, dass ich dafür eine Schwäche habe. „Wenn du mir noch eine Stunde Zeit gibst, ich bin gerade erst aufgestanden." „Na klar! Ich bin gegen neun Uhr bei dir. Ich freue mich!", ruft sie ins Telefon und legt direkt, ohne eine Rückmeldung von mir abzuwarten, auf.

Als ich eine Stunde später zu Marie ins Auto steige, drücken wir uns kurz und haben dann eine relativ kommunikationsarme Fahrt zur Therme. Marie spricht nie viel, wenn sie Auto fährt. Sie muss sich auf den Verkehr konzentrieren und ist laut eigener Aussage nicht multitaskingfähig, was ich bei einer Frau, die Bestandteil der Geschäftsleitung des größten Unternehmens in unserer Region ist, manchmal kaum glauben kann. Heute ist mir die Stille im Auto allerdings sehr recht. Ich kann in Ruhe meinen Gedanken nachhängen und brauche keine unangenehmen Fragen über meine emotionale Situation zu beantworten. Kaum hat sie eingeparkt, ist es damit jedoch schnell vorbei. „Jetzt mal ehrlich, Lissy, bist du okay?"

„Nee, bin ich nicht. Aber ich möchte da heute eigentlich auch überhaupt nicht mehr drüber sprechen, sonst können wir gleich wieder nach Hause fahren." „Schon gut." Marie guckt etwas zerknirscht. „Aber mit dir reden darf ich heute schon noch?" „Sonst wäre ich ja nicht mitgekommen." Ich steige aus und werfe die Autotür mit etwas zu viel Schwung zu. „Hey, mein Auto ist doch kein Panzer!" Ich muss ungewollt grinsen und das Eis ist gebrochen. Marie grinst zurück und hakt sich für den Weg zum Einlass bei mir ein.

Ich habe das Gefühl, mein Körper saugt die Saunawärme richtig auf, als wäre sie genau das, was er gerade braucht. „Das war eine gute Idee, heute hierher zu kommen", sage ich zu Marie, als wir zwischen den Saunagängen eine Runde im Außenbereich schwimmen. „Ich habe nur gute Ideen, um nicht zu sagen, die besten. Das weißt du doch." Kleine Nebelwölkchen entweichen beim Sprechen unseren Mündern. Wir verweilen noch einen Moment draußen vor den Massagedüsen, bevor wir wieder rein schwimmen und uns im hauseigenen Bistro erst mal verköstigen. Nach dem Essen trennen sich unsere Wege. Marie zieht sich mit einer Zeitschrift in den Ruhebereich zurück, während ich den nächsten Saunagang antrete. Ich entscheide mich für die Aroma-Sauna, welche die kleinste von allen ist. Ab und an werden hier aromatische Aufgüsse angeboten. Diesem Umstand schuldet die Sauna auch ihren Namen. Ein Zettel an der Tür teilt jedoch mit, dass heute aus organisatorischen Gründen keine speziellen Aufgüsse stattfinden, was zur Folge hat, dass ich die Sauna aktuell für mich allein habe. Ich drehe die Saunauhr um und lege mich auf die mittlere Bank. Als ich die Augen schließe, bilde ich mir ein, den Sand zu hören, wie er in dem Stundenglas nach unten rinnt. Ich drehe mich auf den Bauch und fokussiere die Sanduhr an der Wand. Obwohl ich sie gefühlt gerade erst umgedreht habe, ist bestimmt schon fast ein Viertel des in ihr befindlichen Sandes von oben nach unten gerieselt. Ich glaube, es gibt kaum etwas, dass das Verrinnen der Zeit besser verbildlichen kann, als eine Sanduhr. Fast kommt es mir so vor, als beobachtete ich die Sekunden und Minuten, wie sie davoneilen - viel zu schnell davoneilen. Wie mag sich das erst anfühlen für Menschen, die wissen, dass ihre irdische Zeit limitiert ist. Wie glücklich kann ich sein, die Hoffnung in mir zu tragen, solch eine Uhr noch unzählige Male umdrehen zu können, ohne mich jedes Mal fragen zu müssen, ob es das letzte Mal war. Die letzten Sandkörnchen fallen nach unten und ich muss plötzlich an Frau L. denken. Ich spüre einen kleinen Stich in der Herzgegend, wickele mein Handtuch fest um meinen Körper und verlasse die Sauna in Richtung Dusche.

Als ich später den Ruhebereich betrete, finde ich in einer Liege am Rand, ganz versteckt, eine schlafende Marie vor. Sie schnarcht sogar leise. Ich lege mich auf die Liege neben ihr und blättere in ihrer Zeitschrift. Die halbe Zeitschrift ist allerdings voll mit Werbung für Kosmetik und Mode, die man sich als unterbezahlte Krankenschwester nicht leisten kann. Gedanklich verfasse ich gerade einen verärgerten Leserbrief, als Marie aufwacht und mich anschaut. „Bist du schon lange hier? Ich war richtig tief eingeschlafen." „Das habe ich mitgekriegt und alle anderen, die dich schnarchen gehört haben, auch", lache ich. „Ach Quatsch! Ich schnarche nicht. Ich habe noch nie geschnarcht. Wie spät ist es denn?" „Zeit zum Waffeln-Essen." Ich ziehe Marie am Arm von der Liege hoch und bemühe mich, mit ihr möglichst schnell den Raum zu verlassen, da mir nicht entgangen war, dass wir schon aufgrund unserer Kommunikation im Ruheraum feindselige Blicke von einigen älteren Herrschaften geerntet haben.

Wir essen Waffeln mit heißen Kirschen und Vanilleeis und unterhalten uns über Weihnachten und den Jahresabschluss. „Ich hatte überlegt, ob ich eine Silvesterparty gebe", wirft

Marie ein. „Wenn Arne kommt, komme ich nicht", sage ich eine Spur zu heftig. „Davon gehe ich aus. Ist mir schließlich nicht entgangen, dass das aktuell nicht so die gute Konstellation mit euch darstellt. Ich habe bis jetzt ja auch nur überlegt, oder hast du eine andere Idee, wie wir das alte Jahr würdig verabschieden können?" Warum auch immer stehen wir jedes Jahr vor der gleichen Frage und lernen bezüglich des Grundsatzes, sich frühzeitig um eine Silvesterfeierlichkeit zu kümmern, nichts dazu. Fairerweise muss man allerdings sagen, dass wir dieses Jahr für unsere Verhältnisse tatsächlich früh dran sind. Normalerweise ruft einer von uns den anderen am 27. Dezember an, um zu fragen, was wir eigentlich Silvester machen. „Nee, habe ich nicht. Ich kann mir aber mal 'nen Kopf machen. Ansonsten ist die Idee mit der Party ja auch gar nicht schlecht. Ich habe halt im Moment nur einfach keine Lust, auf Arne zu treffen." „Ich würde ihn deshalb ja auch nicht einladen." Marie guckt mich verschmitzt an. „Dich lade ich vielleicht auch nicht ein. Am Ende kachelst du dich wieder so voll wie auf meinem Geburtstag. Dafür kann ich keine Verantwortung mehr übernehmen." Ich strecke ihr als Antwort die Zunge raus und wir gehen kurze Zeit später wieder in den Saunabereich.

Der Tag neigt sich schon langsam dem Ende, als Marie mich wieder vor der Haustür absetzt. „War schön." Marie umarmt mich fest. „Lass dich nicht runterziehen! Und wenn doch, meine Telefonnummer ist dir bekannt." Ich drücke sie noch mal kurz an mich und steige dann aus.

Im Flur brennt Licht und auf dem ersten Treppenabsatz kommt mir Frau Braun entgegen. „Huch, wo kommen Sie denn her?", rufe ich ehrlich verwundert. „Ich habe gerade bei Ihnen geklingelt. Ich dachte, vielleicht hätten Sie ja auch Lust auf eine Partie Rommee, wo wir doch neulich so schön gespielt haben." In der Hand hält sie ein Päckchen Karten. „Ich habe nämlich zufällig mein altes Kartenspiel gefunden und musste dann gleich an sie denken." Ich schaue sie an und bilde mir ein, dass ihre Augen einen traurigen, leicht verklärten Blick haben - der Sonntagsblues der Alleinstehenden. Ich werfe einen Blick auf meine Armbanduhr: 19:12 Uhr. Eigentlich wollte ich mich auf dem Sofa einrollen und die Sonntags-Schmonzette gucken, aber in Anbetracht meiner aktuellen emotionalen Verfassung bekommt es mir wahrscheinlich sowieso besser, auf Liebesfilme mit überwältigendem Finale zu verzichten. „Wenn Sie keine Zeit haben ..." „Ich habe morgen Frühdienst", falle ich ihr ins Wort, „aber für zwei oder drei

Partien hätte ich noch Zeit." Frau Brauns Gesicht erhellt sich sofort.

Wir spielen insgesamt fünf Runden, von denen ich schon wieder auf mir völlig unerklärliche Weise vier verliere. Zum Abschied überreicht Frau Braun mir eine rosafarbene Häkelrose und besteht auf baldige Wiederholung. Ich bedanke mich artig und lege die Rose auf die Flurkommode direkt neben den kleinen lila Eiskratzer, den ich heute früh, bevor Marie mich abgeholt hat, aus dem Adventskalender gezogen habe. Anschließend gehe ich bedingt durch den Umstand, dass mein Wecker morgen um fünf Uhr klingelt, ohne große Umwege ins Bett.

22. Dezember

Als ich durch das Weckerläuten erwache, fühle ich mich vom Allgemeinzustand ungefähr so, als ob ich lediglich eine halbe Stunde geschlafen hätte. Meine Arme und Beine fühlen sich unglaublich schwer an und hinter meiner Stirn pocht ein dumpfer Schmerz. Ich kriege nicht mehr zusammen, was ich geträumt habe, aber es war irgendwas Wirres und Belastendes.

Nach einer Aspirin und einem Kaffee fühle ich mich dann aber doch halbwegs in der Lage, den Tag zu bestreiten. Ich packe meine Sachen zusammen und verlasse das Haus. Vor meinem Auto fällt mir auf, dass die Scheiben zugefroren sind. Wie gut, dass ich gestern einen Eiskratzer im Adventskalender hatte. Wie schade, dass er oben auf meiner Kommode liegt.

Also düse ich noch mal hoch, um ihn zu holen. Ich fege ihn in meine Tasche, wobei die Häkelblume von Frau Braun ungewollter Weise auch mit hineingerät. Zehn Minuten später sind die Scheiben halbwegs frei und ich spät dran. Eigentlich sollte man einen solchen Zeitaufwand im Winter mit einrechnen, aber das gehört wohl, ähnlich wie frühzeitige Silvesterplanung, zu den Dingen, die ich in diesem Leben vermutlich nicht mehr beherrschen werde. Fünf Minuten vor Dienstbeginn schließe ich die Hospiztür und hechte zur Umkleide. „Ich beeile mich", rufe ich meiner Kollegin im Dienstzimmer, welche mich als Ablösung erwartet, zu.

„Mach langsam! Du musstest ja bestimmt kratzen. Außerdem hast Du noch fünf Minuten", erwidert sie. Ich wühle auf dem

Weg zur Umkleide trotzdem schon eilig nach meinem Spindschlüssel, wobei Frau Brauns Rose aus meiner Tasche auf den Boden fällt, was von mir jedoch unbemerkt bleibt. Nachdem ich mit meiner Kollegin Übergabe gehalten habe, schaue ich leise in die Gästezimmer. Die meisten Gäste schlafen noch, was ich ehrlich gesagt, wenn ich die Möglichkeit hätte, auch nicht anders machen würde. Nur der italienische Gast aus dem zweiten Zimmer sitzt am Tisch und telefoniert lautstark mit seiner Frau. Als er mich sieht, winkt er. „Alles gut bei mir, Schwester. Ich hatte nur Sehnsucht nach meiner Frau. Haben sie schon einen Kaffee fertig?" Ich bringe ihm einen und lasse ihn dann ungestört weiter telefonieren. Als ich wieder auf den Flur trete, kommt mir Frau L. entgegen. „Guten Morgen, Elisabeth!" „Guten Morgen, sind Sie aus dem Bett gefallen, dass Sie um diese Uhrzeit schon wach sind?" „Ja, so ähnlich. Ich habe ganz wirr geträumt. Wollte mir jetzt erst mal einen Kaffee holen, um mich zu sammeln. Haben Sie schon einen fertig?"

„Jep, habe ich. Soll ich Ihnen nicht eine Tasse aufs Zimmer bringen?" Sie verzieht das Gesicht. „So langsam sollten Sie mich aber mal kennen. Ich hole mir meine Sachen gerne selber, solange ich dazu noch in der Lage bin." „Ja, da haben Sie recht." Ich zwinkere ihr zu und gehe erst mal wieder ins

Dienstzimmer, um mich um die Dokumentation zu kümmern.

Auf dem Rückweg kommt sie bei mir vorbei und winkt. „Gucken Sie mal, was ich da hinten auf dem Boden gefunden habe. Vielleicht wird heute doch noch ein guter Tag, wenn es für mich Rosen regnet oder zumindest eine Rose regnet", lacht sie. In der Hand hält sie die Häkelblume aus meiner Tasche. „Ach, die muss ich heute früh hier verloren haben, beziehungsweise die habe ich für Sie regnen lassen", entgegne ich. „Ich hätte gar nicht gedacht, dass so etwas ihr Geschmack ist." „Meine Nachbarin häkelt gerne und bedenkt mich oft mit Blumen und Figuren in dieser Art. Vor allem mit Blumen, da ich ihr gegenüber mal äußerte, wie überaus praktisch es doch ist, solche Pflanzen zu besitzen, die nicht verwelken. Ich schenke ihnen die Rose gerne weiter." Etwas nachdenklich betrachtet sie die Rose. „Ja, eigentlich ist das ein ganz besonderes Symbol, eine Blume, die nicht verwelkt. Ich gebe Sie Ihnen wieder. Sie können sie mir ja auf meine letzte Reise mitgeben. Natürlich nur, wenn Sie da sind." Sie drückt mir das Häkelkunstwerk in die Hand und verschwindet mit ihrer Kaffeetasse in Richtung ihres Zimmers. Ich schaue ihr hinterher und lege die Rose dann in meinen Spind. Natürlich will ich ihr den Wunsch gerne erfüllen.

Das ganze Hospiz ist schon hochgradig in Weihnachtsstimmung. Überall auf dem Flur und in den Zimmern glitzert und glänzt es dekorativ von winterlichen Figuren und Adventsgestecken. Der Kühlschrank quillt über, sowohl von Resten des Wochenendes als auch von bereits angelegtem Vorrat für die Festtage. Die Ehrenamtlichen huschen durch die Gegend und überlegen, was sie noch vorbereiten könnten. Kurzum, man merkt, dass es steil auf Heiligabend zugeht.

Beim Frühstück zündet die Ehrenamtliche alle vier Kerzen am großen Adventskranz an und die Gäste, die gemeinsam mit uns essen, erzählen, wann sie Besuch bekommen oder vielleicht sogar einen kleinen Ausflug an den Weihnachtstagen mit ihren Angehörigen planen. Wir planen dabei, wie wir Rollstühle, Sauerstoffgeräte und Schmerzmittel mitgeben können oder wie wir eine Großfamilie von 20 Personen zum Mittagessen unterbringen können. Es schweben so viele Hoffnungen und Wünsche in der Luft. Einige davon werden sich bestimmt realisieren lassen und doch wissen wir alle, dass unsere Planungen nur unter Vorbehalt anzusehen sind. Im Hospiz lebt man von Tag zu Tag. Was heute noch stabil scheint, kann morgen schon ganz anders sein. Pläne in der Zukunft sind oft schwer umzusetzen. Und doch ist es wichtig, dass sie gemacht werden. Wir akzeptieren den Tod als Teil des Lebens und doch sind unsere Wünsche, Hoffnungen und Zukunftsvisionen auch ein Teil von unserem Leben - auch oder erst recht dann, wenn sie vielleicht nicht mehr erfüllt werden können.

Frau L. erzählt, dass ihre Tochter und Emilia am ersten Weihnachtstag zu Besuch kommen. Sie hat darauf bestanden, dass sie Heiligabend in ihrem Zuhause verbringen und auch der Vater von Emilia die Möglichkeit hat, seine Tochter zu sehen. „So war es schon immer und daran soll mein aktueller Gesundheitszustand auch nichts ändern", sagt sie bestimmt.

„Außerdem bin ich ja nicht allein, sondern habe nette Gesellschaft am Heiligen Abend." Sie zwinkert mir zu und ich zwinkere lächelnd zurück.

Weihnachten zu arbeiten ist natürlich immer so eine Sache, auf der einen Seite hätte ich natürlich auch gerne frei. Wenn ich ehrlich bin, habe ich an Feiertagen immer gerne frei. Man hat den Eindruck, dass alle Menschen auf der ganzen weiten Welt die Arbeit ruhen lassen, um ihre Zeit mit den schönsten Dingen zu füllen, während einem selbst ein bedenkliches Einzelschicksal widerfahren ist, in dem man zum Dienst eingeteilt wurde. Den Gesichtsausdruck, den viele Leute bekommen, wenn ich sage, wann und wie ich über Weihnachten arbeite, kann ich nur schwer beschreiben. Es ist eine Mischung aus Entsetzen, nicht Glauben-Können und grenzenlosem Mitleid.

Auf der anderen Seite ist das Hospiz ein Ort der besonderen Begegnungen. Ein Ort, an dem zusammen gegessen, gelacht und geweint wird, wodurch die wahre Bedeutung von diesen Festtagen spürbar wird. Ein Ort, wo auch durch das Realisieren, dass man mit Menschen feiert, die dieses Fest ein letztes Mal begehen, eine besondere Wertigkeit spürbar wird. Jedes Weihnachtsfest, dass ich im Hospiz verbracht habe, hat mich auf seine Weise bereichert und ich möchte keines davon in meiner Erinnerung missen.

Trotzdem freue ich mich natürlich auch auf die Zeit an den Feiertagen, die ich nicht auf der Arbeit verbringe, vor allem, als ich zwischendurch auf mein Handy gucke und eine Nachricht von Doro lese: „Wenn alles nach Plan läuft, kommen wir morgen am späten Nachmittag bis frühen Abend bei Mama und Papa an. Kommst du dann auch vorbei? Ich bringe uns literweise Wein mit." Ich antworte ihr schnell: „Natürlich komme ich! Ich freue mich schon sehr!", und stürze mich dann wieder in die Arbeit. Gegen Mittag bekommt Frau L. Besuch: eine auffällig große Dame, die dadurch, dass sie einen ebenso auffälligen Hut auf dem Kopf trägt, noch größer wirkt. Ich bin gerade am Telefonieren und sehe nur aus dem Augenwinkel, wie die beiden sich an der Eingangstür umarmen und dann eingehakt in Richtung Frau L.s Zimmer verschwinden. Eine Stunde später, als Frau L. den Klingelknopf in ihrem Zimmer betätigt haben muss, habe ich auch schon, bedingt durch das allgemeine Chaos, was gelegentlich bei uns herrscht, wieder vergessen, dass sie Besuch bekommen hat. Da Frau L. wirklich höchst selten klingelt, eile ich schleunigst zu ihrem Zimmer und sehe vermutlich eine Spur zu besorgt aus, als ich die Tür öffne, da die beiden Damen mich aus ihren Sesseln heraus anlachen. „Wie gucken Sie denn, Elisabeth? Ich habe Sie wohl erschreckt? Das mache ich in Zukunft nicht noch mal." Ich gucke von einem zum anderen und habe auf die Schnelle keine Antwort parat. „Kommen Sie mal rein. Ich will Sie gerne meiner Freundin vorstellen.

Das ist Theres." Ich reiche Theres die Hand. „Guten Tag, ich bin Schwester Elisabeth." Sie drückt meine Hand kräftig. „Das habe ich mir schon gedacht." Ich gucke verwirrt.

„Ich habe Theres von Ihnen erzählt. Sie hat nämlich fast einen so wichtigen Beruf, wie Sie ihn haben." Sie zwinkert erst mir und dann ihrer Freundin zu. „Theres ist Hutmacherin und ich habe sie um einen Gefallen gebeten." Sie holt den Hut mit der hohen Krempe hervor, den ich vor einiger Zeit mit Frau L. schon mal aufprobiert hatte und der von ihr als „mein Hut" betitelt wurde. „So ähnlich, dachte ich. Was sagst du?", fragt sie an ihre Freundin gewandt, während sie mir den Hut auf den Kopf stülpt. Beide gehen um mich herum und murmeln sich irgendetwas zu, die Hutmacherin holt ein Maßband aus ihrer Tasche und misst meinen Kopfumfang. „Lieblingsfarbe?", fragt sie mich. „Sie wollen mir doch jetzt wohl keinen Hut anfertigen oder worauf zielt das hier hinaus?", stammele ich perplex. „Doch, will sie, beziehungsweise soll sie. Ich habe das in Auftrag gegeben", erwidert Frau L. bestimmt. „Das ist mir auch egal, wie sie das finden. Ich möchte gerne was zurückgeben und das wird mein verspätetes Weihnachtsgeschenk an Sie, ob Ihnen das recht ist oder nicht. Das ist mein Wunsch und einer sterbenskranken Frau sollte man keine Wünsche mehr abschlagen."

Das hat gesessen. Mir fällt schon wieder, wie so oft bei Frau L., keine passende Erwiderung ein und ich lasse die beiden Damen weiter um mich herumschwirren. „Hatten Sie mir jetzt eine Farbe genannt? Ich kann mich nicht entsinnen", fragt Theres. „Schwarz!" Beide verdrehen die Augen. Das sehe ich ganz genau. „Habe ich dir ja gesagt", wispert Frau L. ihr zu. „Die jungen Leute, keinen Sinn mehr für die Schönheit der Farben." „Na ja, dafür hat sie einen Hut, der immer passt." „Gut, er wird schwarz. Den Stoff suche ich selber aus." Die Hutmacherin nickt mir zu. „Wir sind dann soweit fertig." „Gut, ja, dann ..." „Schönen Feierabend, Elisabeth! Sie haben doch bald Feierabend. Ich möchte jetzt noch ein bisschen ungestörte Zeit mit meiner Freundin verbringen. Das können Sie auch gleich an ihre Kollegen weitergeben. Die nächsten zwei Stunden möchte ich nicht gestört werden. Bis morgen!" Sie schiebt mich zur Tür hinaus. Mir gelingt es gerade noch, „Auf Wiedersehen!" zu rufen, bevor die Tür hinter mir zufällt.

Als ich später nach Dienstschluss im Auto sitze und nach Hause fahre, muss ich, wie so oft am Tag, an Arne denken. Eine kleine Welle Traurigkeit überrollt mich und ich versuche, mich zwanghaft mit anderen Gedanken abzulenken. Ich denke an Doro und die Jungs und tatsächlich komme ich auf andere Gedanken, weil mir plötzlich siedend heiß einfällt, dass die bestellten Weihnachtsgeschenke bis jetzt noch nicht eingetroffen sind. Ich nehme mir vor, den Verbleib meiner Bestellungen zu Hause sofort zu recherchieren, was sich dann jedoch als unnötig erweist, denn als ich meinen Briefkasten öffne, fällt mir ein orangenes Kärtchen entgegen, auf dem der Paketbote vermerkt hat, dass er mir eine Sendung zustellen wollte und er diese, da ich nicht vor Ort war, bei der Nachbarin Frau Braun im Erdgeschoss abgegeben hat. Ich muss seufzen und marschiere direkt zu Frau Brauns Wohnung.

„Ach Kindchen, wie schön! Kommen Sie rein!" Sie wischt sich ihre mehlbestäubten Hände an der Schürze ab, die sie umgebunden trägt und zieht mich in ihre Wohnung. „Ich komme direkt von der Arbeit. Ich wollte eigentlich nur das Paket abholen, dass Sie für mich angenommen haben." „Ah ja! Das gebe ich ihnen gleich. Aber einen kleinen Moment haben Sie doch bestimmt. Dann können Sie gleich mal meine Vanillekipferl verkosten. Die sind nämlich gerade aus dem Ofen raus. Mögen Sie einen Kaffee dazu?" Ich hasse Frau Brauns Kaffee. Viel zu stark und es gibt keine Milch dazu, nur Kaffeesahne. Furchtbar! Trotzdem habe ich ihn schon unzählige Male getrunken und komme auch heute wieder in seinen Genuss, weil sie mich in die Küche abführt und mir, ohne eine Antwort abzuwarten, eine Tasse von dem Gebräu hinstellt. Kurze Zeit später reicht sie mir noch ein Tellerchen mit diversen Keksen dazu. Der Kaffee schmeckt, wie gewohnt, scheußlich, das Gebäck hingegen köstlich.

„Schmeckt es Ihnen? Ich habe mich an ein paar Plätzchenvariationen versucht, welche ich schon seit Ewigkeiten nicht mehr gebacken habe. Die Engelsaugen habe ich zuletzt als junge Mutter gebacken. Mein Sohn hat sie geliebt. Habe ich Ihnen erzählt, dass ich die ganzen Feiertage bei ihm bin? Nicht, dass Sie noch eine Vermisstenanzeige aufgeben, weil sie die alte Frau Braun nicht antreffen." Sie lacht. „Meine Schwiegertochter hat ja genug mit dem Kochen zu tun. Da nehme ich ihr doch wenigstens das Backen ab. Ich muss auch noch Geschenkpapier besorgen. Können Sie sich das vorstellen, ich habe schon längst alle Geschenke beisammen, will sie heute früh einpacken und da muss ich feststellen, dass ich nicht mehr ein Fitzelchen Papier zum Verpacken habe." Ich schaue Frau Braun an, während sie fröhlich weiter quasselt. Sie hat rote Wangen und wirkt richtig euphorisch in ihren Erzählungen über die herannahenden Festtage. Es scheint ihr gut zu tun, dass sie bei ihrem Sohn mit Familie eingeladen ist. Sie ist aber oft auch einfach zu viel allein, denke ich bei mir, während ich den Keksteller, den sie während ihres Redeschwalls neu befüllte, zum zweiten Mal leere. „Was haben Sie denn an den

Feiertagen vor? Sie arbeiten bestimmt wieder?" Sie schaut mich mit einem sorgenvollen Blick an. „Ja, richtig. Die Zeit, die ich nicht auf der Arbeit verbringe, bin ich allerdings auch nicht hier, sondern bei meinen Eltern. Meine Schwester und meine Neffen kommen auch." „Das ist schön, Kindchen! Sie sind mir oft auch einfach zu viel allein." Ich verschlucke mich an den Keksen und muss leider einen Schluck Kaffee nehmen, um damit versuchsweise den aufkommenden Hustenreiz zu bekämpfen, was mir jedoch nicht gelingt. Ich verschlucke mich noch mal am Kaffee und nutze diese Gelegenheit, um mich röchelnd, unter dem Vorwand, schnell meine Halstabletten zu benötigen, zu verabschieden. Zum Glück fällt mir vor Verlassen der Wohnung der eigentliche Grund meiner Anwesenheit in selbiger noch ein, da ich immer noch die Karte des Postboten in der Hand halte. Ich winke hustend mit der Karte und Frau Braun klemmt mir das Paket unter den Arm. Als ich die Tür oben aufschließe, schenke ich den ersten Moment meiner Aufmerksamkeit, wie üblich, dem Telefon, welches im Flur von mir extra so positioniert wurde, dass ich es beim Verlassen und Betreten der Wohnung im Blick habe. Der Anrufbeantworter zeigt mir an, dass eine neue Nachricht eingegangen ist und mein Herz macht unweigerlich einen kleinen Sprung, da ich sofort an Arne denke und mir nichts sehnlicher wünsche, als dass er der Absender dieser Nachricht ist. Eigentlich versuche ich, das Wunschdenken in diese Richtung zu unterdrücken und habe mir jetzt schon selbst oft gesagt, dass es wohl auch das Beste ist, wenn unser Kontakt endet. Es mischt sich seit unserem letzten Treffen auch immer das unschöne Gefühl von großer Enttäuschung in die mit Arne verbundenen Gedankengänge. Und trotzdem! Bei jedem Telefonläuten oder Mitteilungseingang hoffe ich, etwas von ihm zu hören. Das zeigt mal wieder, wie wenig ich in der Lage bin, meine Gefühle zu steuern. Ich drücke auf den Abspielknopf des Anrufbeantworters und erkenne die Stimme meiner Kollegin. Die Ehrenamtlichen wollen morgen Vormittag im Hospiz Plätzchen backen. Sie sollte Keksausstecher heraussuchen, aber sie findet keine. Ob ich noch welche habe und wenn ja, ob ich diese morgen zum Dienst mitbringen könnte. Ich seufze kurz, da es nicht die von mir ersehnte Person ist, die auf das Band gesprochen hat und durchwühle meine Küchenschränke. Die einzige Plätzchenform, die ich finde, ist die Sternschnuppe aus meinem Adventskalender. Besser als nichts, sage ich mir und stecke sie mir gleich in die Tasche, um die Möglichkeit, sie am morgigen Tag zu vergessen, auszuschließen.

Anschließend setze ich mich aufs Sofa und packe das Paket aus. Wie bestellt hole ich ein großes Set mit Schildkrötenpanzern und diversen Waffen aus Plastik hervor, welches laut seiner englischsprachigen Aufschrift allen coolen Kids dabei helfen soll, so auszusehen und zu agieren, wie ihre Idole. Sogar ein Pizzastück aus Plastik kann ich in der Verpackung erkennen. Die Jungs werden sich freuen und Doro wird höchstgradig unbegeistert sein. Das weiß ich natürlich schon im Vorfeld, weshalb ich einen von Pädagogen entwickelten und geprüften Kinderatlas dazu bestellt habe. Ich hole Geschenkpapier aus dem Wandschrank im Flur und fange an einzupacken. Wir Erwachsenen haben wie jedes Jahr beschlossen, uns nichts zu schenken und da sich mit Sicherheit wie jedes Jahr niemand daran hält, habe ich für Mama, Papa und Doro schon letzten Monat ein paar Kleinigkeiten besorgt. Außerdem schenke ich gerne und lasse mich auch gerne beschenken, deshalb kann ich mich mit diesem neumodischen Brauchtum, nur noch Menschen unter einer gewissen Altersgrenze zu beschenken, nicht wirklich anfreunden. Selbst für Martin habe ich eine Krawatte gekauft, weil ich einfach nicht aus meiner Haut kann. Seitdem er mit Doro liiert ist, habe ich ihm bis jetzt ausnahmslos jedes Jahr eine Krawatte geschenkt. Ob er die von mir ausgesuchten Stücke wirklich trägt, weiß ich nicht und es ist mir ehrlich gesagt auch egal. Er ist einer der wenigen Menschen, bei denen ich keine Lust habe, mir Mühe zu geben. Vielleicht frage ich Frau Braun nächstes Jahr, ob sie mir eine Krawatte häkelt, überlege ich mir, während ich sein Geschenk einwickele und muss dabei grinsen. Die mehr oder weniger schön verpackten Päckchen verstaue ich unter meinem Bett und gehe dann zurück ins Wohnzimmer, um den Adventskalender für heute zu öffnen. Ich hole eine Badekugel hervor. Sie scheint aus der gleichen Kosmetikreihe zu stammen wie die Kugel, die ich bereits Anfang Dezember dem Kalender entnommen habe, lediglich die Duftvariation ist eine andere. „Winter-Punsch" prangt in großen goldenen Lettern auf der Verpackung. Ich beschließe kurzerhand, sie direkt zum Einsatz kommen zu lassen und lasse mir Badewasser ein, welches nach Anreicherung durch den Badezusatz nach einer Mischung aus Orangen, Äpfeln und Zimt duftet. Ich verbleibe eine gute Stunde in der Badewanne und lasse anschließend den Abend mit einer großen Portion Spaghetti vor dem Fernseher ausklingen. Habe mir nämlich sicherheitshalber gestern den Sonntagsabend-Liebesfilm aufgenommen.

23. Dezember

Mein letzter Frühdienst dieses Jahr, also folglich auch das letzte Mal, sich um fünf Uhr aus dem Bett quälen, tröste ich mich selbst, während ich noch völlig übernächtigt versuche, mich für die Arbeit herzurichten. Immerhin bin ich heute besser vorbereitet und habe den Eiskratzer bereits in der Hand, als ich später vor meinem Auto stehe, was zur Folge hat, dass ich ausnahmsweise nicht in Zeitdruck gerate und für meine Verhältnisse in einem entspannten Zustand auf der Arbeit auflaufe. Das Hospiz wirkt heute auch noch ganz ruhig und tatsächlich liegen alle Gäste noch in ihren Betten und schlafen, als ich das erste Mal an diesem Tag nach ihnen schaue.

Am frühen Vormittag kommt ein Trüppchen von vier Ehrenamtlichen und nimmt die Küche in Beschlag. Sie breiten Backutensilien auf dem gesamten Küchentisch aus und stäuben gefühlt die ganze Küche mit Mehl ein. Die Gäste, die gesundheitlich dazu in der Lage sind, werden eingeladen, bei der Keksherstellung zu helfen. So kommt es, dass in der Küche ein reges Treiben, wie schon lange nicht mehr, stattfindet. Alle fünf Minuten kommt einer der ehrenamtlichen Helfer zu mir ins Dienstzimmer gelaufen und hat Fragen. „Schwester Elisabeth, hatten wir im Lager nicht noch Schokostreusel? Ich finde nichts, können Sie mal schauen?" „Wir wollen gerne die Weihnachtsmusik in der Küche hören, aber ich kenne mich mit dem CD-Player nicht aus?" „Wissen Sie, welches Symbol bei dem Ofen für Umluft steht?" „Herrn T. ist nicht gut, können Sie mal kommen?" So kommt es, dass ich mehr Zeit in der Küche verbringe, als mir lieb ist und mit meiner Dokumentation, die ich seit geraumer Zeit versuche abzuschließen, nicht besonders schnell vorankomme. Frau L. ist auch an der Weihnachtsbäckerei beteiligt und muss jedes Mal lachen, wenn ich wieder in die Küche gewetzt komme. „Na, Sie wollen doch eigentlich mitbacken, geben Sie es zu. Kaum, dass Sie weg sind, sind Sie doch auch schon wieder da. Es würde mehr Sinn ergeben, Sie würden gleich hierbleiben. „Sie haben recht", lache ich. Ich lege den Sternschnuppen-Plätzchenausstecher, den ich eben aus meiner Tasche geholt habe, auf den Tisch und lasse mich auf einen Stuhl plumpsen. Ich werde heute sowieso nicht pünktlich fertig, da kann ich mich auch einen kleinen Moment dazu setzen. „Mehr Keksformen haben wir nicht?", ruft die eine Ehrenamtliche alarmiert. „Hätte ich das vorher gewusst. Ich habe bestimmt 20 Stück zu Hause." „Macht doch nichts", wirft eine andere ein. „Dann backen wir halt

Kreise und Vierecke. Und viele Sternschnuppen!" Ich trinke eine halbe Tasse Kaffee und steche währenddessen zwei Reihen Kekse mit meinem mitgebrachten Ausstecher aus, bevor ich wieder versuche, im Dienstzimmer die liegengebliebene Arbeit aufzuholen.

Nach Dienstschluss schaue ich noch mal in die Küche, um mich zu verabschieden. Die Gäste haben sich zwischenzeitlich aus dem turbulenten Unternehmen zurückgezogen und ich finde nur noch zwei der Ehrenamtlichen eifrig zwischen den Backblechen sitzen. „Gut, dass Sie kommen", sagt eine von ihnen. „Sie können uns gleich beim Verzieren helfen. Unsere anderen Mitstreiter haben uns alle im Stich gelassen." „Die kommen wieder, wenn es darum geht, die Kekse zu verzehren. Ich habe Feierabend und muss leider auch schon los. Ich habe noch was vor." „Ach, kommen Sie! Wenigstens die Plätzchen, die sie ausgestochen haben."

Ich wühle in meiner Tasche, die ich mir schon für den Weg zum Auto umgehängt habe, nach meinem Handy. Doro wollte mir eine Nachricht schreiben, wenn sie absehen kann, wann sie ungefähr bei unseren Eltern eintreffen. Dies hat sie auch bereits getan: „Wie könnte es anders sein – Wir stehen natürlich im Stau. Vor 18 Uhr sind wir auf keinen Fall da."

So wie es aussieht, habe ich wohl doch noch einen Moment Zeit. Ich hänge meine Tasche über den Stuhl und wir machen uns gemeinschaftlich an die Dekoration des Backwerkes. Eine Sternschnuppe ist mir mit hellblauem Zuckerguss und silbernen Zuckerperlen ganz besonders schön gelungen, finde ich. Dieses selbstgeschaffene Meisterwerk drapiere ich möglichst hübsch auf einer Untertasse und klopfe mit dieser beladen an Frau L.s Zimmertür.

Als ich eintrete, liegt Frau L. im Bett. Sie sieht etwas blass aus. „Sie können sich wohl auch nicht lösen. Haben Sie nicht schon längst Feierabend?" „Ja, eigentlich schon. Ich habe mich aber von den liebenswerten Damen aus der Küche überreden lassen, noch kurz beim Verzieren der Kekse zu helfen und dabei entstand diese zauberhafte Sternschnuppe, die ich Ihnen zur Versüßung ihres vorweihnachtlichen Nachmittags reichen wollte." Frau L. schmunzelt. „Elisabeth, Sie haben aber auch die Gabe, immer besonders schöne Worte zu finden. Zeigen Sie mal her, was Sie da fabriziert haben." Ich stelle die Untertasse auf ihren Nachttisch. Frau L. nimmt das Plätzchen in Augenschein. „Haben Sie wirklich gut gemacht. Kann ich mich denn überhaupt trauen, dieses Kunstwerk zu essen?" „Aber selbstverständlich! Sie dürfen sich sogar vorher etwas wünschen, wie sich das gehört, wenn man eine Sternschnuppe sieht."

Sie lächelt. „Vielen Dank, dann will ich das mal machen. Ich befürchte, eine echte werde ich in diesem Leben wohl auch nicht mehr sehen." Wir schauen uns einen Moment lang an. „Vielleicht ist es mir ja auch bald möglich, Ihnen eine solche Himmelserscheinung zu schenken. Wenn dem so wäre, so sollen Sie wissen, dass die nächste Sternschnuppe, die Sie sehen, von mir höchstpersönlich abgeschickt wurde." Sie wirkt noch blasser als zu Beginn unseres Gespräches auf mich, als ich sie anschaue. „Geht es Ihnen gut?" „Ganz wunderbar! Besser könnte es keinem Hospizbewohner gehen. Und nun gehen Sie endlich nach Hause. Sie sind morgen doch schon wieder hier. Ich will jetzt nämlich auch gleich ganz in Ruhe Kaffee trinken und das zauberhafte Gebäck genießen, welches mir auf mein Zimmer gebracht wurde. Bis morgen." Ich winke ihr zu und verlasse das Zimmer.

Zuhause gönne ich mir ein Stündchen auf dem Sofa und springe anschließend noch mal schnell unter die Dusche. In meinem Adventskalender befindet sich heute eine kleine Tube Handcreme, die leicht golden schimmert und besonders gut dazu geeignet ist, raue und trockene Hände zu pflegen, wenn man dem Aufdruck Glauben schenken möchte. Ich trage sie gleich einmal auf und verlasse dann das Haus, um zu meinen Eltern aufzubrechen.

Doro und ihre Familie sind bereits kurz vor mir eingetroffen, was beim Betreten des Grundstückes schon durch den Lärmpegel, der aus dem Haus schallt, auffällt. Jonas öffnet auf mein Läuten hin die Tür und springt mir auch direkt in die Arme, wofür er für meinen Geschmack schon fast ein bisschen zu groß und schwer ist. Ich falle fast nach hinten über, kann mich aber zum Glück noch am Türrahmen festhalten. „Mein Süßer! Wie schön, dass ihr da seid! Wie geht es dir?" „Gut." Die Jungs sind beide wahre Meister darin, sich verbal auf das Nötigste zu beschränken, zumindest in gewissen Situationen oder noch deutlicher ausgedrückt auf bestimmte Fragen, wie zum Beispiel nach ihrem Befinden oder auch ihrer schulischen Laufbahn. Wenn der Gesprächsinhalt jedoch ein von ihnen bevorzugtes Thema behandelt, können sie äußerst redselig werden, zumindest Justus. Jonas ist immer der etwas stillere, soweit man dieses Adjektiv überhaupt zur Wesensbeschreibung der Zwillinge benutzen kann. „Tante Lissy ist da!", schreit er, während er sich aus meinem Arm gelöst hat und im Eiltempo in Richtung Wohnzimmer läuft. Kurz darauf werde ich von Justus ebenso stürmisch begrüßt. Doro steht im Türrahmen und lacht. „Sie haben sich schon auf dich gefreut." „Ich habe mich auch auf euch gefreut." Doro kommt auf mich zu und drückt mich an sich. „Komm mal her, Kleine." Es tut so gut, sie endlich wiederzusehen und in die Arme schließen zu können. Nachdem ich im Wohnzimmer meine Eltern und Martin, der unfassbarer Weise bereits sein Netbook ausgepackt hat und mit äußerst wichtiger Mine etwas zu arbeiten scheint, begrüßt habe, gehen Doro und ich mit einer Flasche Wein bewaffnet nach draußen in die Gartenlaube. Das machen wir immer so, wenn sie zu Besuch zu unseren Eltern kommt und der Rest der Familie trägt es mittlerweile mit Fassung. Dick eingepackt sitzen wir da eng nebeneinander auf der schmalen Bank und trinken unseren Wein. Das erste Glas über reden wir meistens gar nicht, sondern erfreuen uns einfach nur an der Situation, dass wir zusammen hier sitzen. Ab dem zweiten Glas fangen wir an zu reden. Wir besprechen dann all die großen und kleinen Dinge, die uns beschäftigen und die man manchmal am Telefon nicht bereden möchte. Dieses ist eines unserer kleinen Rituale, welches sich durch seine Wiederholung überhaupt nicht abnutzt, sondern im Gegenteil eher noch an Zauber und Wertigkeit gewinnt, je öfter man es zelebriert. So sitzen wir ein ganzes Weilchen. Doro erzählt von den Jungs, von Problemen auf der Arbeit, von ihrer Ehe und ich spreche von Arne, von der Arbeit und von all den kleinen Dingen, die ich im Alltag gerne mit ihr teilen würde. Als unsere Mutter uns wie in Kindheitstagen zum Essen hereinholt, ist die Flasche leer und wir beide dementsprechend auch schon etwas angeheitert.

Wir sitzen lange und gemütlich um den Esstisch, wobei mich noch nicht mal Martin besonders stört, was im Wesentlichen vielleicht aber auch an seiner partiellen Abwesenheit liegt, die durch eingehende Anrufe auf sein Smartphone hervorgerufen wird.

Nach dem Essen bringe ich die Jungs ins Bett. Das ist mir eine ganz besondere Ehre und ich freue mich, dass sie das auch tatsächlich noch möchten. Ich kuschele mich in die Mitte, nehme jeden in einen Arm und lese eine Geschichte vor. Ich glaube, dass sie dafür eigentlich schon zu alt sind und zu Hause das Zu-Bett-geh-Ritual schon einen ganz anderen Charakter hat und nicht mehr durch Kuscheln und Vorlesen bestimmt wird. Aber so lange, wie die beiden das mitmachen, genieße ich diese intime und schön Zeit mit ihnen.

Als ich aus dem Gästezimmer, welches früher übrigens mal mein Zimmer war, wieder nach unten ins Wohnzimmer komme, liegt schon ein Päckchen Rommee-Karten auf dem Tisch bereit. „Du willst doch nicht ernsthaft gegen mich antreten?", lache ich und deute auf das Kartenspiel. „Ich kann dich nur warnen. Ich habe in letzter Zeit viel trainiert."

„Das bringt bei dir nichts, zumindest nicht, wenn du gegen mich antrittst." Doro lacht auch und stellt eine Flasche Waldmeisterschnaps auf den Tisch. „Nach jeder Runde muss der Verlierer einen Kurzen trinken."

Am späten Abend bin ich, warum auch immer, ziemlich angetrunken und entscheide mich deshalb dafür, mit dem Taxi nach Hause zu fahren. „Schlaf mal in Ruhe deinen Rausch aus. Ich hole dich morgen pünktlich um zehn zum Familienfrühstück ab", sagt Doro, als sie mich ins Taxi bugsiert. „Und ich rate dir dringend, deine Trainingsmethoden zu überarbeiten, zumindest, was das Kartenspielen anbetrifft."

24. Dezember

Nach dem Weckerklingeln schaffe ich gerade noch eine schnelle Dusche, bevor Doro schon vor der Tür steht. „Komm kurz hoch", sage ich durch die Fernsprechanlage. „Ich muss noch meine Haare föhnen. Ich lasse meine Wohnungstür einen Spalt angelehnt und kurze Zeit später steht Doro neben mir im Bad. „Wir dürfen nicht zu lange trödeln, Lissy! Mama ist sonst stinksauer. Du weißt ja, wie sie reagiert, wenn man zu spät zum Essen kommt." „Ich beeile mich", sage ich und stelle den Föhn auf die höchste Stufe. „Ich war schon ewig nicht mehr hier. Darf ich mich ein bisschen umschauen?" „Wenn du weder auf Ordnung noch auf Sauberkeit achtest, kannst du das machen." Doro verschwindet und steht genau in dem Moment, in dem ich den Föhn aus der Hand lege, wieder neben mir. „Du hast aber auch in der letzten Zeit gar nichts verändert, oder?" „Nö, warum sollte ich?" „Bei dir hat man manchmal den Eindruck, als wenn die Zeit stillsteht. Leben heißt Veränderung." „Tut mir leid, dass ich nicht mit großen Veränderungen in meinem Leben dienen kann. Das würde ich mir zuweilen auch anders wünschen. Und was meine Wohnung betrifft, habe ich keinerlei Bedürfnis, was zu verändern, weil mir hier alles genau so, wie es ist, ganz wunderbar gefällt." „So war das nicht gemeint, Lissy." Offensichtlich hat Doro den in mir aufsteigenden Unmut, welcher als Resultat ihrer vorangegangenen Aussage hervortritt, bemerkt. Sie umarmt mich von hinten. „Außerdem hast du natürlich recht. Deine Wohnung sieht super aus, überhaupt nicht veränderungsbedürftig." Ich bin sofort wieder versöhnt. „Jetzt öffne noch schnell deinen

Adventskalender für heute und dann nichts wie los, bevor wir Mamas Zorn auf uns ziehen."

Das Kalendersäckchen mit der Nummer 24 sieht ganz besonders hübsch aus. Es enthält Ohrringe in der Form von Zuckerstangen. „Ich bin ja stark davon ausgegangen, dass du wie jedes Jahr heute arbeitest und deshalb dachte ich, darüber können deine Gäste vielleicht auch etwas lächeln."

„Bestimmt, sie sind echt niedlich." Ich gebe meiner Schwester ein Küsschen auf die Wange und stecke mir den Schmuck gleich in meine Ohrlöcher. Eine kleine Welle Wehmut erwischt mich dabei, weil meine Gedanken mich zu Arne lenken, der ja immer noch unrechtmäßiger Besitzer einer meiner Nikolaus-Ohrstecker ist.

Ich versuche, die Gedanken beiseite zu schieben und lächele Doro an. „Danke dir! Der Kalender ist das schönste Geschenk, dass ich seit Langem erhalten habe. Du hast mir echt bis jetzt jeden einzelnen Tag im Dezember damit versüßt." „Dann ist mein Plan ja aufgegangen." Sie lächelt zurück. „Jetzt aber zackig los." Sie zieht mich am Arm und wir eilen die Treppe herunter.

Unsere Mutter ist tatsächlich schon in den Anfangszügen leichter Verstimmtheit, als wir eintreffen. „Wie lange kann das eigentlich dauern, jemanden abzuholen, der nur ein paar Autominuten entfernt wohnt? Oder habt ihr noch einen Kaffee zusammen getrunken? Das wäre ja mal wieder typisch. Die ganze Familie wartet und die Prinzessinnen machen einfach, was ihnen gefällt, ohne auch nur eine kleine Spur von Rücksichtnahme auszuüben."

„Es tut mir leid, Mama. Ich bin so spät aufgestanden und war im Bad noch nicht fertig. Wir trinken doch keinen Kaffee alleine, wenn wir gleich mit euch frühstücken wollen." Ich streiche ihr versöhnlich über den Rücken. „Frühstücken ist gut, hier ist gar nichts mehr früh. Da hätte ich ja besser gleich Mittagessen machen sollen. Außerdem musst du doch bald schon wieder los zur Arbeit." „Es tut mir wirklich leid!" „Na ja, ich rede mir jetzt ja schon über dreißig Jahre den Mund fusselig, um dir beizubringen, dass Pünktlichkeit auch was mit Anstand und Respekt zu tun hat. Wenn du das bis jetzt immer noch nicht verstanden oder wenigstens mal im Ansatz verinnerlicht hast, ist es jetzt vermutlich auch zu spät." Jetzt habe ich wirklich ein schlechtes Gewissen. Ich sage lieber gar nichts mehr und setze mich zu Justus, der am Tisch sitzt und ein Bild von einer schwer bewaffneten Schildkröte malt. Doro setzt sich neben uns und flüstert mir zu: „Ich habe es dir gesagt." Ich verdrehe die Augen. Solche Sprüche kann ich schon immer gut leiden und meine Schwester ist, seit ich zurückdenken kann, ganz hervorragend im Besserwissen. „Danke Frau Neunmalklug!", zische ich leise zurück. Zum Glück ist unsere Mutter immer schnell am Aufbrausen, kann sich aber genauso schnell auch wieder beruhigen und so merkt man eine halbe Stunde später an ihrer Gemütslage nichts mehr von unserem kleinen Disput.

Nachdem wir also alle zusammen einträchtig und sehr ausgiebig gefrühstückt haben, mache ich mich auf den Weg zur Arbeit. Meine Mutter drückt mich an der Tür. „Ich bin sehr stolz auf dich, Elisabeth! Auch wenn ich dich natürlich besonders an den Feiertagen lieber ein bisschen mehr hier hätte, so ist es doch etwas ganz Wertvolles, was du beruflich leistest." Sie küsst mich auf die Wange. „Ich wünsche dir einen schönen Heiligabend–Dienst. Bis später."

Ich winke ihr zu und steige ins Auto. Tatsächlich sagt mir meine Mutter so etwas selten und ich bin auf dem Weg zur Arbeit ganz gerührt.

Während der Übergabe kann ich durch die Glastür unseres Dienstzimmers das rege Treiben auf dem Flur teilweise einsehen. Ehrenamtliche und Angehörige tragen Kisten und Pakete ins Hospiz und laufen aufgescheucht hin und her. So wie jedes Jahr Weihnachten wird ein Aufwand und eine Bevorratung betrieben, als hätten wir zumindest die nächsten zwei Wochen keinerlei Möglichkeit mehr, Lebensmittel zu erwerben. Aber da dieser Aufwand für Menschen stattfindet, die dieses Fest feiern in der Voraussicht, es ein letztes Mal zu erleben, ist er wohl in vollem Maße angebracht. In der Küche ist schon alles für das Abendessen aufgebaut. Es gibt schlesische Weißwurst mit Kartoffelbrei und Sauerkraut. Tatsächlich das meistgewünschte Essen unserer Gäste, auch wenn ich es jetzt nicht unbedingt favorisieren würde. Aber das liegt vermutlich auch daran, dass ich keinen Bezug zu schlesischer Weißwurst habe. Ehrlich gesagt habe ich sie, bevor ich meine Arbeit im Hospiz aufgenommen habe, nicht ein einziges Mal gegessen. Ich bin ja der festen Überzeugung, dass der Geschmack, so wie die Gerüche von bestimmten Speisen, ganz eng mit unseren Erinnerungen und daran verbundenen Emotionen verbunden ist. Für mich sind das zum Beispiel die Kartoffelpuffer von Oma Anni. Wenn ich Kartoffelpuffer esse, die so ähnlich schmecken – gleich schmecken sie leider nie - sehe ich direkt meine Oma vor mir, wie sie mit ihrem geblümten Kittelkleid an ihrem Gasherd steht und mir mein Lieblingsessen zubereitet.

Vielleicht kriege ich ja durch die weihnachtliche Hospizarbeit auch noch eine Verbindung zu schlesischer Weißwurst, überlege ich mir, während mich die Ehrenamtliche in die Zubereitung eben dieser einweist.

Am Abend haben wir eine festlich geschmückte Tafel, auch wenn wir nur wenige Teilnehmer am Tisch sind. Der Hospizalltag macht es einem leider oft schwer bis unmöglich, nur schon den nächsten Tag, geschweige denn die nächste Woche zu planen. Wir sind insgesamt nur fünf Personen, die sich zum Essen setzen: meine Kollegin und ich, Frau L., noch ein weiterer Hospizgast und eine Angehörige. Wir könnten wohl alle kaum unterschiedlicher sein, wie wir uns da zusammengefunden haben und doch harmonieren wir auf eine ganz besondere Weise.

Wir sprechen viel über vergangene Weihnachten, besonders die aus den Kindertagen, die in unserer Erinnerung doch oft den meisten und vor allem emotionalsten Platz einnehmen. Frau L. sieht heute richtig rosig aus, denke ich bei mir, stelle allerdings bei genauerem Hinschauen fest, dass sie ordentlich Rouge aufgelegt hat. Sie beteiligt sich rege an der Unterhaltung und lacht viel. Ich glaube, dass sie sich schon sehr auf den Besuch von ihrer Tochter und Emilia freut, die sich für den morgigen späten Nachmittag angekündigt haben. Neben ihr sitzt ein Mann Mitte fünfzig, der erst vor ein paar Tagen im Hospiz eingezogen ist. Er leidet an einem Hirntumor, was bei ihm als Begleiterscheinung eine Wortfindungsstörung hervorgerufen hat. Er setzt oft an, etwas zu sagen und bleibt dann leider doch stumm, weil ihm die Gabe, sich auszudrücken, wie er es möchte, von der Krankheit geraubt wurde. Manchmal beginnt er auch Sätze, welche er nicht vollenden kann, weil ihm die richtigen Worte fehlen. Als mal wieder so ein unvollendeter Satz in der Luft hängen bleibt, drückt Frau L. kurz seine Hand. „Ich kenne das. Man will etwas sagen und es ist einfach weg. An manchen Tagen passiert mir das auch ständig." Ich bin mir äußerst sicher, dass das eine Lüge ist, da ich Frau L. noch nie um die passende Antwort verlegen oder gar sprachlos erlebt habe, eine liebevoll gemeinte Lüge. Ihr Tischnachbar lächelt sie dankbar an und drückt ihre Hand zurück. Meine Kollegin hat eine große Schale Lebkuchentiramisu mitgebracht, welches sie selbst heute früh hergestellt hat. Das Lieblingsdessert ihrer Tochter, berichtet sie uns. Sie hat auch heute zwei Schalen Nachtisch angerührt und eine ihrer Tochter, die jetzt bereits erwachsen ist, vorbeigebracht. „Schmeckt ganz köstlich", sagt die Angehörige, die neben ihr sitzt und ein paar Tränen kullern über ihre Wangen. Sie begleitet ihre Tochter im Sterbeprozess. „Mein Kind hätte das auch gerne gemocht. Als sie klein war, hätte sie am liebsten nur Süßspeisen gegessen, am allerliebsten meinen selbst angerührten Erdbeerquark. Das war auch fast das einzige, womit sie sich ernährt hat, als die Chemotherapie lief. Fleisch und Fisch mochte sie gar nicht mehr essen und ganz viele andere Speisen auch nicht. Der bloße Geruch vieler Gerichte hat bei ihr Übelkeit hervorgerufen, aber von meinem Erdbeerquark hat sie immer gegessen, auch wenn es nur ein kleines Schälchen war. Ich habe ihr jeden Tag eine Schüssel zubereitet. Das war so schön, etwas für sie tun zu können, auch wenn es nur eine Kleinigkeit war. Jetzt kann ich gar nichts mehr für sie tun." „Das stimmt nicht! Sie sind da, sitzen bei ihrer Tochter am Bett, begleiten ihren Weg und lassen sie diesen nicht alleine gehen", erwidert meine Kollegin. „Aber ich fühle mich so hilflos, sehe sie da liegen und kann ihr nicht helfen. Sie ist doch mein Kind. Ich habe ihr unzählige Male aufgeholfen, aber diesmal schaffe ich es nicht. Ich ertrage es kaum." Jetzt laufen die Tränen bei ihr im Fluss.

Meine Kollegin nimmt sie in den Arm. Sie weint noch einen kleinen Moment, dann steht sie vom Tisch auf. „Danke, dass ich mit ihnen allen zu Abend essen durfte. Es war sehr lecker! Ich gehe jetzt noch kurz auf die Terrasse eine Zigarette rauchen und dann setze ich mich wieder zu meiner Tochter."

„Gerne." Ich nicke ihr zu. Als sie in der Küchentür steht, dreht sie sich noch einmal um „Ich hoffe, ich habe Ihnen nicht allen den Appetit verdorben." Wir winken alle ab, obwohl das Gespräch natürlich an keinem von uns spurlos vorbei gegangen ist. Kurz darauf ist für meine Kollegin und mich die „stille Zeit" vorbei. Das Telefon klingelt, zeitgleich läutet es in zwei Gästezimmern und auf dem Flur kommen eben die Besucher eines Gastes aus dessen Zimmer und haben Fragen an uns.

Als ich später wieder in die Küche komme, sitzt Frau L. immer noch mit dem Gast, welcher gemeinsam mit uns zu Abend gegessen hat, am Tisch. Allerdings sitzen sich die beiden jetzt gegenüber. Zwischen ihnen steht ein „Mensch ärgere Dich nicht"-Spielbrett und sie wirken vertieft in eine mehr oder weniger spannende Partie. Den Tisch hat Frau L. in unserer Abwesenheit schon abgeräumt und gesäubert. Ich lege ihr eine Hand auf die Schulter: „Danke für die Hilfe!" „Gerne! Danke, dass ich so nett mit Ihnen essen durfte." „Wir bedanken uns, dass Sie beide unsere Gäste heute Abend waren." Ich zwinkere ihrem Mitspieler zu und er schenkt mir dafür ein Lächeln. Ich stelle ein Schälchen mit Marzipankartoffeln neben das Spielbrett und die beiden bedienen sich prompt. Ich gebe Frau L. auf ihren Wunsch hin das Versprechen, vor meinem Feierabend noch mal bei ihr hineinzuschauen, bevor ich die beiden wieder ihrem Spiel überlasse.

Später am Abend haben wir unsere reguläre Arbeit doch zügig beendet und so kommt es, dass ich meine Kollegin eine halbe Stunde, bevor der Nachtdienst anfängt, nach Hause schicke, damit sie noch ein bisschen Zeit mit ihrer Familie verbringen kann.

Kaum hat sie das Hospiz verlassen, steht die Dame, welche ihre Tochter begleitet, vor dem Dienstzimmer. „Können Sie bitte mal nach meiner Tochter schauen? Es wirkt, als wenn sie nicht mehr atmet." Ich gehe gemeinsam mit ihr zum Zimmer ihrer Tochter. Reglos liegt sie im Bett, ihre Gesichtszüge sind erschlafft. Wir setzen uns jeder auf eine Seite ihres Bettes. Ich lege ihre schlaffe Hand in meine, den Pulsschlag kann ich nicht mehr finden, die Atmung hat auch ganz eindeutig ausgesetzt. Sie ist tot. Ich bleibe noch einen kleinen Moment so sitzen, um mir wirklich sicher zu sein. „Mein Mädchen ist gegangen." Sie schaut mich an. Ich nicke.

„Können wir eine Kerze für sie anzünden?" „Natürlich! Kommen Sie mit." Ich schließe der Verstorbenen vorsichtig die Augen und wir erheben uns aus unseren Stühlen. Wir gehen in den Raum der Stille und zünden die große Kerze an. „Ich habe ihr gesagt, sie kann gehen. Ich habe gesagt, dass ihr Papa auf sie wartet und sie sich um mich keine Sorgen machen muss. Ich habe es ihr immer wieder gesagt, dass sie loslassen soll. Dieses Leben loslassen, dass für sie doch schon gar nicht mehr lebenswert war. Ich habe darauf gewartet, für sie gehofft, dass sie erlöst wird. Aber jetzt, wo es wirklich passiert ist, überwiegt trotz allem der Schmerz." Sie schaut auf die Kerze. „Ich wäre gerne noch einen kleinen Moment allein mit meiner Tochter." „Natürlich!" Sie verlässt den Raum der Stille. Ich lege das Erinnerungsbuch auf den Tisch, in dem sie später die Möglichkeit hat, ein paar Zeilen an oder für ihre Tochter zu verfassen und wende mich ebenfalls zum Gehen. In der Tür steht Frau L. und schaut mich an. „Ich habe auf Sie gewartet und dachte, ich schaue mal, wo Sie bleiben, bevor ich womöglich noch einschlafe." Ich lächele sie an. „Ich komme gleich noch mal zu Ihnen." Sie deutet auf die Kerze. „Die Tochter von der Dame, die heute mit uns gegessen hat. Ich habe sie eben auf dem Flur weinen gesehen." Sie hält einen Moment inne. „Ich habe so ein Gefühl, als ob die Kerze bald für mich brennen wird. Das ist ein beängstigendes Gefühl. Und doch bin ich froh, dass sie für mich angezündet wird und nicht für meine Tochter. Das könnte ich gar nicht ertragen." Gemeinsam verlassen wir den Raum der Stille.

„Wenn man es so betrachtet, habe ich es ja eigentlich noch ganz gut getroffen. Sie kommen gleich noch mal kurz zu mir?" „Bin in fünf Minuten bei Ihnen." Ich gehe ins Dienstzimmer, rufe unseren Arzt an und erledige weitere Formalitäten, welche das Versterben eines Gastes bei uns nach sich zieht. Jenny kommt heute zum Nachtdienst und betritt gerade den Flur. Sie drückt mich. „Schönen Heiligabend, Lissy!" Ich informiere sie kurz über die letzten Geschehnisse und suche dann das Zimmer von Frau L. auf. Sie hat sich bereits umgekleidet und trägt jetzt ein blaues Nachthemd. „Schwester Elisabeth! Ich habe so ein unbestimmtes Gefühl, dass ich nicht greifen kann. Aus diesem Grund wollte ich Ihnen ein paar Dinge sagen. Ich habe ein Päckchen für meine Tochter und eines für Emilia. Das sind ihre Weihnachtsgeschenke. Geschenke, die für mich und hoffentlich dann auch für die beiden einen ganz besonderen ideellen Wert besitzen. Die beiden Pakete habe ich hier unter mein Bett geschoben." Sie zeigt mir zwei kleine, in buntes Geschenkpapier eingeschlagene Päckchen, die unter ihrem Bett im Bereich des Kopfteils wie versteckt wirken. „Es ist mir sehr wichtig, dass sie die Geschenke erhalten. Und Ihnen möchte ich sagen: Ich bin froh, dass Sie hier arbeiten und ich Sie so kennenlernen durfte. Sie machen das hier ganz wunderbar. Nein, das habe ich falsch ausgedrückt. Sie sind ganz wunderbar. Lassen Sie sich nicht kleinkriegen vom Leben und machen Sie es sich selbst nicht immer so schwer. Denken Sie etwas weniger und fühlen Sie etwas mehr. Wenn es sich richtig anfühlt, dann ist es das meistens auch." Ich komme richtig ins Stottern, was mir sonst eigentlich wirklich nie passiert. „Danke! Ich weiß gar nicht ..." Sie unterbricht mich. „Sie müssen nicht immer auf alles eine Antwort oder eine Erwiderung haben. Manche Dinge können Sie auch einfach mal im Raum stehen lassen. Sie denken an die Päckchen?" Ich verspreche es. „Dann sehen Sie zu, dass Sie bald nach Hause kommen. Heute ist ja doch ein besonderer Abend. Gute Nacht!" Sie steht auf und geht in das kleine Bad, welches an ihr Zimmer grenzt. „Gute Nacht!", rufe ich ihr hinterher und verlasse das Zimmer.

Mein Feierabend verschiebt sich nach hinten, da Jenny und ich noch auf den zuständigen Arzt warten und die Verstorbene anschließend gemeinsam waschen und anziehen. Ihre Mutter hat Kleidung herausgelegt, die ihre Tochter immer besonders gerne getragen hat. Jenny hat das Fenster geöffnet und als wir noch mal gemeinsam mit ihrer Mutter vor dem Bett stehen, läuten die Kirchenglocken zur Christmette.

25. Dezember

Ich wache auf dem Sofa meiner Eltern auf. Doro liegt neben mir und der Fernseher flimmert noch. Als ich gestern Abend spät nach Hause gekommen bin, haben die Jungs schon geschlafen, weshalb ich mich nur mit den Erwachsenen beschert habe und wir noch ein kleines Weilchen zusammensaßen, bis meine Eltern und Martin ins Bett gegangen sind. Doro und ich haben uns unsere bunten Teller geschnappt und damit vor den Fernseher gesetzt. Meine Mutter macht tatsächlich immer noch jedes Jahr einen Süßigkeitenteller mit den gleichen weihnachtlichen Naschereien, auf die wir uns als Kind schon immer lange gefreut haben. Doro hat von meinen Eltern die Sissi-Trilogie auf DVD geschenkt bekommen und wir haben gemeinsam versucht den ersten Film zu schauen, wobei wir jedoch offensichtlich beide eingeschlafen sind. Ich setze mich auf und kriege direkt ein Kissen ins Gesicht geworfen. „Tante Lissy, warum bist du gestern erst so spät von der Arbeit gekommen? Wir haben soooooooo lange auf dich gewartet. Und jetzt schläfst du hier den halben Morgen mit Mama auf dem Sofa", guckt mich Justus vorwurfsvoll an. „Tut mir leid, mein Kleiner! Habe ich euch so gefehlt?" „Ich bin nicht klein!" Schwupps, habe ich das nächste Kissen im Gesicht. „Natürlich hast du mir und Jonas gefehlt. Vor allem bei der Bescherung! Nur du kennst doch unsere geheimsten Wünsche." Er grinst und versucht mir verschwörerisch wirkend zuzuzwinkern. „Verstehe!" Ich muss lachen. „Dann müssen wir das wohl schleunigst nachholen." Eine halbe Stunde später habe ich meinen zweiten Kaffee in der Hand, wodurch ich so langsam merke, dass wieder Leben in mich kommt. So richtig bequem gelegen habe ich auf dem Sofa nicht. Außerdem war die Nacht für meine Begriffe deutlich zu kurz. Ich hole die Geschenke der Zwillinge aus dem Kofferraum und baue sie auf dem Wohnzimmertisch auf. Wie die Wilden stürzen sie sich auf die Pakete und zerfetzen das Geschenkpapier. Ich habe als Kind meine Geschenke immer ganz langsam und vorsichtig ausgepackt, um das Vergnügen dieses Aktes dadurch noch etwas zu vergrößern, um bloß nichts zu beschädigen und weil unsere Mutter es uns so beigebracht hat. Das Geschenkpapier blieb durch diesen behutsamen Umgang oft fast unversehrt und kam deshalb mindestens noch ein weiteres Mal zum Einsatz. Dies ist hier definitiv nicht der Fall. Doro hält das barbarische Auspackverhalten ihrer Kinder auch noch fotografisch fest. „Ein Buch." Jonas macht einen angewiderten Gesichtsausdruck und hält für seine Mutter das

Kinderlexikon in die Kamera. „Yeah!", schreit unterdessen Justus, der das andere Paket am Wickel hatte. „Tante Lissy hat das Action-Paket geholt." Er reißt die Arme hoch und zeigt es seinem Bruder, der prompt wieder zufrieden wirkt. Gemeinschaftlich machen die beiden sich daran, den Inhalt des Paketes genauer zu untersuchen und zum Teil auch gleich auszuprobieren. „Mann Lissy! Ich hatte dir doch gesagt, was ich von diesem Schrott halte." „Ja, hast du. Aber die Jungs haben ja auch ihre eigenen Wünsche. Ich habe extra das Lexikon dazu geholt, über das sie sich gar nicht gefreut haben." Unser Gespräch wird unterbrochen, da Justus seinen Bruder lauthals mit den im Paket enthaltenen Plastik-Nunchaku angreift. Doro guckt mich sauer an. „Ihr hättet nicht so weit wegziehen dürfen. Ich sehe die beiden so selten, wenn ich da nicht wenigstens was Cooles schenke, mögen sie mich bald gar nicht mehr." „Ach, so ein Quatsch! Justus und Jonas haben dich wahnsinnig lieb und das wird sich auch so schnell nicht ändern. Selbst dann nicht, wenn du aufhörst, ihre bescheuerten Geschenkewünsche zu erfüllen. Aber ich habe damit ja schon gerechnet." Meine Schwester seufzt und schaut auf ihre Kinder, die sich jetzt Masken umgebunden haben und so tun, als würden sie beherzt in ein Stück Pizza aus Hartgummi beißen.

Kurze Zeit später sitzen Doro und ich aber wieder einträchtig am Küchentisch und brunchen gemeinsam mit dem Rest der Familie. Für heute Nachmittag planen sie eine kleine Winterwanderung im Harz. Ich bin ein bisschen wehmütig, dass ich nicht dabei bin. „Kommst du heute nach Feierabend noch mal vorbei? Dann hebe ich dir was von den Rouladen auf, die ich heute Abend mach." Meine Mutter schaut mich erwartungsvoll an. „Ich glaube, heute fahre ich mal direkt nach Hause. Ich muss etwas Schlaf nachholen, habe doch mittlerweile glatt vergessen, wie schlecht es sich auf eurem Sofa schläft." Meine Mutter schiebt die Unterlippe vor, was ihrem Gesicht gleich einen schmollenden Ausdruck verleiht. „Na gut. Das musst du ja selber wissen, aber falls du es dir noch anders überlegst, freuen wir uns natürlich." „Ich weiß." Ich gebe Mama ein Küsschen und hänge mir meine Tasche über die Schulter. „Ansonsten komme ich spätestens morgen Vormittag wieder." Ich werfe noch ein paar Handküsse in Richtung der Zwillinge und verlasse mein Elternhaus.

Für heute Nachmittag haben sich ein paar Mitglieder des lokalen Blasorchesters im Hospiz angekündigt, die gerne für die Gäste spielen wollen. Als ich den Flur betrete, sind bereits zwei Männer und zwei Frauen des Orchesters anwesend und damit beschäftigt, Notenständer aufzubauen und ihre Instrumente auszupacken. Meine Kollegin und ich gehen durch die Zimmer und fragen die Gäste, deren Gesundheitszustand es zulässt, ob sie mit auf den Flur kommen möchten, wenn die Musiker spielen. Eine Dame schieben wir auf Wunsch in ihrem Bett auf den Flur. Der Herr, der gestern mit uns zu Abend gegessen hat, bekommt einen Lehnsessel in sozusagen erster Reihe positioniert und direkt daneben stellen meine Kollegin und ich für uns auch je einen Stuhl zurecht. Frau L. möchte gerne auf ihrem Zimmer bleiben. „Ich bin so froh, dass ich meine Tochter und Emilia gleich sehen werde. Für ihren Besuch möchte ich meine Kräfte lieber schonen. Wenn Sie so freundlich sind und die Zimmertür anlehnen. So kann ich die Musik hören, während ich mich noch ein bisschen ausruhe." Tatsächlich macht sie einen kraftlosen, erschöpften Eindruck, wie sie ganz blass in ihrem Bett sitzt und in einem kleinen Karton, der mit Fotos gefüllt zu sein scheint, kramt. Wir entsprechen ihrem Wunsch und lehnen die Tür an, nachdem wir das Zimmer wieder verlassen haben.

Kurze Zeit später erfüllen die Klänge der Blechblasinstrumente das ganze Hospiz und zaubern dadurch eine besondere weihnachtliche Atmosphäre.

Als sie das Lied „Maria durch ein Dornwald ging"
anstimmen, beginnt die Dame, welche mit uns im Bett auf
dem Flur dem Konzert beiwohnt, mitzusingen. Daraufhin
klingt auch aus einem der Gästezimmer der Gesang eines
Gastes und seiner Angehörigen. Der Herr im Sessel schaut
mich an, nimmt meine Hand und beginnt ebenfalls
mitzusingen. Völlig flüssig, ohne auch nur nach einem
einzigen Wort suchen zu müssen, singt er das Lied bis zum
Ende. Strahlend schaut er uns danach an. „Es ist noch da."
„Natürlich! Das wirklich Wichtige, was Sie ausmacht, ist
noch da und es wird auch immer da sein. Daran ändert sich
auch nichts, nur weil Ihnen zwischendurch mal ein paar
Worte fehlen." Er öffnet den Mund, um etwas zu erwidern,
schließt ihn dann aber wieder und drückt stattdessen meine
Hand. Genau in dem Moment, als das Konzert beendet ist
und die Musiker ihre Instrumente wieder verstauen, stehen
Emilia und ihre Mutter vor der Tür. Beide wirken fast
gleichermaßen aufgeregt und stürmen nach einem kurzen
Weihnachtsgruß Frau L.s Zimmer.

Am Abend wärmen wir den Gänsebraten, der heute schon als
Mittagessen im Hospiz gereicht worden war, noch mal auf.
Einige Gäste hatten sich das gewünscht und wir machten
nichts lieber, als diesem Wunsch nachzukommen. Unsere

Abendrunde am Tisch wird auch deutlich aufgehellt durch Emilias Anwesenheit. Sie spult tatsächlich das ganze traditionelle Kinderprogramm bezüglich Weihnachten ab. Vor dem Essen sagt sie ein Gedicht auf: „All überall in den Tannenspitzen", nach dem Essen spielt sie uns ein Lied auf der Blockflöte vor: „O du fröhliche" und dazwischen plappert sie munter vor sich hin, stochert ein wenig auf ihrem Teller herum und drängt ihre Mutter und Oma dazu, doch bitte schneller zu essen, da sie endlich ihr Geschenk von Oma erhalten möchte und diese doch sicherlich auch von ihr schleunigst beschert werden möchte. Ich sitze gegenüber von Frau L. und mir entgeht nicht, dass sie Mühe hat, so lange am Tisch zu sitzen und doch scheint sie dieses Zusammensein sichtlich zu genießen. Als wir die Runde auflösen, verabschiedet sich Frau L. schon bei uns in der Küche. „Ich möchte jetzt noch ein bisschen mit meinen Lieben zusammen sein und dann werde ich wohl gleich ins Bett verschwinden." „Soll ich nicht noch mal zu Ihnen reinschauen, wenn Ihr Besuch sich nachher verabschiedet hat?", frage ich. Frau L.s Tochter und Emilia haben sich auf eigenen Wunsch wieder in einer kleinen Pension in der Nähe eingemietet. „Nein, das brauchen Sie nicht. Wenn ich noch irgendwas benötige, melde ich mich." Ich öffne meinen Mund, um darauf zu antworten, aber sie kommt mir zuvor: „Wenn Sie darauf bestehen, können Sie natürlich gerne noch mal bei mir reinhuschen, aber vermutlich werden Sie mich dann schlafend vorfinden. Ich fühle mich jetzt schon übertrieben müde." "Dann machen wir das so! Falls wir uns nicht mehr sehen, wünsche ich Ihnen eine gute Nacht." Sie schaut mich an. "Ich bin sehr dankbar, dass ich diesen Tag erleben darf, meine Geschenke selber übergeben kann und die Nähe mit meiner Tochter und Emmi teilen kann. Ich hatte fast daran gezweifelt. Nun wage ich es sogar, mich auf den nächsten Tag zu freuen." Sie wischt sich eine Träne aus dem Augenwinkel. "Das ist jetzt nur vor Rührung", lacht sie. "Kommen Sie nachher gut nach Hause und machen sich auch noch einen schönen Abend." "Gute Nacht." Wir nicken uns zu und Frau L. verlässt die Küche.

Heute hält sich der Arbeitsaufwand in Grenzen, sodass meine Kollegin mich schon etwas früher nach Hause schickt. "Du warst ja gestern schon lange genug hier. Mach es dir wenigstens heute noch etwas nett", sagt sie, als sie mich aus dem Dienstzimmer in Richtung Umkleideraum schiebt. "Mach ich", lache ich. "Ich gucke nur noch mal ganz kurz bei Frau L. rein." Ihre Familie hatte sich vor einer guten viertel Stunde verabschiedet und tatsächlich liegt sie jetzt schon tief und fest schlummernd in ihrem Bett, wie ich feststelle, als ich versuche, möglichst geräuscharm einen Blick in ihr Zimmer zu werfen. „Sie schläft. Dann fahre ich jetzt nach Hause. Danke, dass ich schon gehen darf. Ich wünsche dir dann nachher auch einen schönen Feierabend", verabschiede ich mich von meiner Kollegin, als ich kurz darauf umgekleidet an der Dienstzimmertür stehe.

Als ich im Auto sitze, spiele ich mit dem Gedanken, doch noch zu meinen Eltern zu fahren, verwerfe ihn dann aber wieder schnell. Wenn ich ehrlich bin, habe ich mich heute früh schon viel zu sehr auf mein eigenes Bett gefreut. Zuhause öffne ich gleich meinen Adventskalender. Er enthält eine kleine Schneekugel, in der ein Weihnachtsmann steht, der eine Glocke schwingt. Ich schüttele sie kräftig und beobachte, wie die kleinen Flöckchen langsam von oben nach unten rieseln. Ich weiß gar nicht, wann ich das letzte Mal eine Schneekugel in der Hand hatte. Ganz schön kitschig und doch irgendwie schön. Ich weiß auch gar nicht, wann es das letzte Mal an Weihnachten geschneit hat. In meiner Erinnerung hat es oft geregnet. Aber davon wurden wir dieses Jahr bis jetzt ja auch verschont, was ich so gar nicht bedauere. Ich stelle die Kugel auf den „Königsplatz" der Flurkommode und gönne mir anschließend eine ausgiebige heiße Dusche. Danach kuschele mich dick eingepackt in

Gesellschaft von meinem Laptop und einer Packung gefüllter Lebkuchenherzen ins Bett. Doch schon eine halbe Stunde später merke ich, wie meine Augen vor Müdigkeit wegkippen. Ich fege die Krümel aus meinem Bett und putze mir noch mal die Zähne, bevor ich das Licht ausmache. Gerade als ich mich in bequemste Seitenlage zum Schlafen positioniert habe, blinkt mein Handy auf dem Nachttisch auf. Eingang einer Nachricht: *„Frohe Weihnachten liebste Lissy! Ich denke an dich! Arne"*

26. Dezember

Der Himmel ist wolkenverhangen und es regnet unentwegt. Die Straße ist durch den auf sie hinabfallenden Niederschlag ebenfalls dunkel verfärbt. Die Dezemberdunkelheit gepaart mit den heutigen Wetterverhältnissen vermittelt den Eindruck, dass die Nacht den Tag noch gefangen hält und auch nicht beabsichtigt, ihn freizugeben.

Ich stehe eine Weile am Küchenfenster und beobachte, wie der Regen auf die parkenden Autos prasselt und große Mengen Wasser durch den Rinnstein Richtung Gulli laufen.

Ich denke an Arne. Warum schreibt er mir jetzt so eine Nachricht? Warum schreibt er überhaupt eine Nachricht an mich? Wie soll ich das jetzt deuten beziehungsweise soll ich das überhaupt deuten? Gebe ich ihm eine Antwort oder ignoriere ich das jetzt einfach? Es ärgert mich, dass ich mir jetzt überhaupt schon wieder so viele Gedanken mache. Ich schüttele mich unwillkürlich, als könnte ich damit alle Gedanken abschütteln, werfe Schlüssel und Handy in meine Handtasche und verlasse das Haus in einer Art und Weise, die man fast als überstürzt bezeichnen könnte.

Bei meinen Eltern ist der Frühstückstisch bereits gedeckt und Doro stellt fast direkt, nachdem ich mich auf meinen Platz auf der Eckbank fallen lassen habe, einen Kaffee vor mir ab. „Danke." Ich lächele sie an. „Nicht nur für den Kaffee, auch für den tollen Adventskalender. Und dafür, dass du immer für mich da bist, dass keiner mich so gut kennt, wie du. Eigentlich für alles."

Doro setzt sich auf den Stuhl, der mir gegenüber steht. „Es hat mir total viel Spaß gemacht, den Adventskalender für dich zu befüllen und mir dabei vorzustellen, wie du jeden Tag eine der Kleinigkeiten auspackst und sie dir hoffentlich Freude bereiten. Ich bin gerne für dich da, auch oder gerade weil ich nicht mehr ganz in der Nähe wohne. Manchmal denke ich, dass ich nicht mehr viel von dir mitkriege, dass du vielleicht allein bist im Alltag."

Mir schießen die Tränen in die Augen. Da Doro mich tatsächlich zu gut kennt, hat sie meinen spontanen Gefühlsausbruch richtig gedeutet. „Arne hat mir gestern Abend geschrieben." Ich erzähle ihr von der Nachricht und dem Gedankenkarussell, dass sich dadurch ausgelöst bei mir in Bewegung gesetzt hat. „Was hast du denn geantwortet?" „Gar nichts. Was soll ich denn da bitteschön antworten?" Meine Schwester zuckt mit den Schultern. „Das musst du selber wissen. Vielleicht solltest du etwas weniger nachdenken und einfach das schreiben, wonach dir ist. Du machst es dir da selber manchmal etwas schwer, finde ich." „Sowas Ähnliches hat neulich schon mal jemand zu mir gesagt." „Dann stimmt es ja vielleicht."

„Keine Antwort ist auch eine Antwort. Ich habe keine Lust auf dieses Hin und Her. Er sollte sich vielleicht erst mal klar darüber werden, was er wirklich will." Doro zieht die Augenbrauen hoch und setzt an, etwas zu erwidern, lässt es dann aber doch, weil Martin die Küche betritt. „Können wir schon frühstücken?", fragt er, setzt sich neben mich und beginnt, seine Kaffeetasse zu füllen. Ich gucke ihn etwas irritiert von der Seite an. „Guten Morgen."

Die Küchentür geht erneut auf und meine Eltern kommen mit den Zwillingen herein. Binnen weniger Augenblicke ist der ganze Raum gefüllt mit dem Lärmen und Toben der Jungs, sodass ich ganz vergesse, mich weiter über meinen Schwager zu ärgern.

Als ich gegen Mittag die Haustür hinter mir schließe, um zur Arbeit zu gehen, bietet sich mir im Vergleich zum Morgen ein kaum verändertes Bild. Der Himmel ist immer noch unter einer dichten Wolkendecke versteckt und der Regen fällt in gleichmäßigen dicken Tropfen auf die Erde. Ich ziehe meine Kapuze fest ins Gesicht und sprinte zum Auto.

Im Hospiz wirkt es heute besonders ruhig. Das Haus ist erfüllt von dem Geräusch, dass der Regen beim Herabfallen auf das Flachdach verursacht. Ansonsten dringen jedoch kaum Geräusche vom Flur oder aus den Gästezimmern zu uns, als wir uns im Dienstzimmer zur Übergabe setzen. Die Kollegin vom Frühdienst berichtet über die letzte Nacht und den heutigen Vormittag jedes einzelnen Gastes. Als sie über Frau L. spricht, bekommt sie einen ernsten Ton.

„Der Allgemeinzustand von Frau L. hat sich letzte Nacht akut verschlechtert. Sie ist nicht mehr ansprechbar und zeigt kaum bis keine Reaktion auf Ansprache oder Berührung. Laut dem behandelnden Hospizarzt ist von einer Tumorblutung auszugehen. Ihre Tochter ist bei ihr und begleitet sie."

Als wir nach der Übergabe auf den Flur hinaustreten, kommt Frau L.s Tochter auch schon direkt auf uns zu. Sie wirkt übermüdet und hat rot geäderte Augen. „Gut, dass Sie da sind. Sie haben bestimmt schon gehört, dass meine Mutter im Sterben liegt. Emilia war heute früh kurz mit hier und hat sich verabschiedet. Danach habe ich sie zu einer Schulfreundin, die ebenfalls eine Tochter in ihrem Alter hat, bringen können. Das ist hier doch alles noch etwas zu viel für sie. Ich fahre jetzt erst mal zu ihr, schaue, wie es ihr geht und verbringe etwas Zeit mit ihr und bespreche, wie wir das heute Nacht machen. Danach komme ich wieder. Ich weiß ja, dass meine Mutter bei Ihnen in guten Händen ist." Sie nickt meiner Kollegin und mir zu und eilt nach draußen.

Der Anblick von Frau L. macht mich tief betroffen. Wie eine zerbrechliche Porzellanpuppe liegt sie in ihrem Bett, was plötzlich den Eindruck macht, als ob es viel zu groß für sie wäre. Ihre Atmung wirkt unregelmäßig und angespannt, ihr kleiner Körper zittert etwas bei jeder Einatmung. Ihre Stirn ist von tiefen Falten überzogen und ihre Hände nesteln unruhig über der Bettdecke, als ob sie etwas suchen, was sie einfach nicht zu greifen bekommen. Zwischenzeitlich stöhnt sie leise.

Meine Kollegin und ich treten an ihr Bett und ich berühre sie leicht an der Schulter und spreche zu ihr. Darauf zeigt sie keine merkliche Reaktion. Wir beobachten Frau L. noch einen kleinen Moment und besprechen uns dann, nachdem wir das Zimmer wieder verlassen haben, ihr Medikamente zur Erleichterung der Atmung und zur Bekämpfung der Unruhe zu geben, da sie auf uns beide aktuell einen angespannten und unruhigen Eindruck macht. Die ärztlich angeordneten Medikamente gegen diese Symptome verabreiche ich ihr in einer Spritze über die Bauchdecke. Anschließend setze ich mich zu ihr ans Bett, um sie während dieser Symptomatik zu begleiten und ihr den Weg hoffentlich etwas erleichtern zu können. Ich schiebe meine Hand vorsichtig unter die ihre und versuche zu erspüren, ob diese Form der körperlichen Nähe von ihr gewünscht ist. Diese Hand und auch die zweite werden langsam ruhiger und hören auf zu nesteln, bis sich Erstere schließlich in meine hineinbettet und ihre Finger ganz leicht die meinen umschließen. So sitze ich eine ganze lange Stunde bei Frau L., ihre Atmung wirkt mittlerweile regelmäßig und flach, die Falten auf ihrer Stirn wirken geglättet und es ist kein Stöhnen mehr hörbar. Sie macht auf mich einen entspannten Eindruck, einen sterbenden, dem irdischen Ende zugehenden, aber entspannten Eindruck. Wir haben schon oft ein Weilchen zusammengesessen, ohne dass wir gesprochen haben. Das konnten wir beide schon immer gut, das Schweigen aushalten, in die Stille hineinhören und den Klang der letzten gesprochenen Worte nachhallen lassen. Die Ruhe wird dadurch unterbrochen, dass meine Kollegin in einem anderen Zimmer die Notfallklingel betätigt. Ich lege Frau L.s Hand auf ihre andere und verabschiede mich bei ihr für den Moment, bevor ich zu dem Zimmer, in dem der Alarm ausgelöst wurde, renne. Ein Gast ist gestürzt. Wir helfen ihm erst gemeinsam auf die Beine und anschließend dabei, sicher in sein Bett zu gelangen. Es wirkt, als ob er sich keinerlei Verletzungen von dem kleinen Unfall zugezogen hat. Wir bleiben trotzdem noch einen Moment bei ihm, um beruhigend auf ihn einzuwirken, da das vorangegangene Geschehnis ihn ganz offensichtlich aufgewühlt hat. Schließlich verlasse ich das Zimmer, um ihm eine heiße Schokolade zu bereiten, die er sich gewünscht hat und um unseren Arzt über das Sturzereignis zu informieren. Meine Kollegin bleibt noch ein Weilchen bei ihm sitzen. Der Blick auf die Uhr verrät mir, dass der Tag schon weit fortgeschritten ist und es eigentlich längst Zeit ist, für das Abendbrot einzudecken. Ich gehe Richtung Küche, um mich darum zu kümmern, halte auf dem Weg allerdings vor dem Zimmer von Frau L. an, um nach ihr zu sehen. Ich atme einmal tief durch und versuche meine Gedanken zu bündeln, wie ich es immer tue, wenn ich das Zimmer eines sterbenden Gastes betrete. Als ich meine Hand auf die Klinke lege, überkommt mich ein Gefühl der Vorahnung. Ich trete leise ein und sehe, dass mich mein Gefühl nicht getrogen hat. Frau L. liegt reglos in ihrem Bett. Ihre Gesichtszüge haben die Lebendigkeit verloren und doch wirkt sie, als würde sie lächeln, als wäre sie zufrieden. Ihr Mund und ihre Augen sind geschlossen. Ich trete an ihr Bett heran und beobachte sie. Frau L. ist tot.

Ich öffne das Fenster und atme die kühle Luft ein. Die Dunkelheit hat sich draußen längst ausgebreitet und der Regen fällt immer noch regelmäßig auf die Erde. Hat es heute überhaupt einmal aufgehört zu regnen?

Ich stelle das leicht erhöhte Kopfteil von Frau L.s Bett flach, während es mir nur mühsam gelingt, die Tränen zurückzuhalten. Eigentlich hätte ich mir denken können, dass sie allein stirbt. Sie hat so vieles mit sich selbst ausgemacht und war immer darum bemüht, ihre Familie und auch alle anderen nicht zu viel an ihrem Schicksal teilhaben zu lassen. Es sei ihr Schicksal, ihre auferlegte Bürde, die wolle sie auch selber tragen, hat sie mal zu mir gesagt. Wenn ihr jemand mal ein kleines Stückchen beim Tragen helfen wolle, so sei das in Ordnung, aber am Ende sei es doch ihr Weg, den nur sie gehen könne. Ich verlasse den Raum und gehe zu meiner Kollegin in die Küche. „He Lissy, wir sind spät dran heute. Gleich wird bestimmt geklingelt, was mit dem Abendbrot ist und wir haben noch nichts vorbereitet." „Frau L. ist gestorben. Ich gehe erst mal nach vorne und rufe ihre Tochter und den Arzt an." „Ach Mensch! Das auch noch!" Sie streicht mir über den Arm. „Kann ich dir was abnehmen?" Ich lächele sie an. „Du kümmerst dich doch um das Abendbrot." In diesem Moment klingelt es an der Tür. Als ich sie öffne, schaut Frau L.s Tochter unter einem großen lila Regenschirm hervor. Sie hat immer noch rot geäderte Augen und wirkt völlig erschöpft. „Es hört heute überhaupt nicht auf zu regnen." Sie schüttelt den Schirm aus und lehnt ihn im Windfang an die Wand. „Wie geht es meiner Mutter?" „Ich wollte Sie gerade anrufen. Ihre Mutter ist vor wenigen Augenblicken verstorben." Sie starrt mich fassungslos an. „Verstorben?" Ich nicke. Tränen schießen ihr in die Augen. „Kann ich zu ihr?" „Natürlich." Ich begleite sie zum Zimmer und lasse sie dort auf Wunsch allein. Ich gehe zurück zum Dienstzimmer und erledige ein paar administrative Tätigkeiten, bevor ich die Kerze im Raum der Stille anzünde. Ich erinnere mich, wie ich das erste Mal mit Frau L. in diesem Raum stand, während ich in die lodernde Flamme schaue. Ich halte noch einmal in meinen Gedanken inne, bevor ich wieder auf den Flur eile und mich gemeinsam mit meiner Kollegin in die Arbeit stürze. Wir schaffen es heute kaum, uns zum Abendbrot zu setzen, da wir plötzlich ein hohes Arbeitsaufkommen haben. Die Gäste klingeln, Angehörige bitten um ein Gespräch, das Telefon läutet permanent, unser zuständiger Arzt kommt vorbei und will informiert werden. Als wir uns eine halbe Stunde später doch noch an dem Esstisch niederlassen, sind wir bereits nur noch allein in der Küche. Der Tisch ist immer noch übersät von Feiertagsleckereien, aber mir fehlt tatsächlich der Appetit - ein Zustand, der absoluten Seltenheitswert bei mir hat. Frau L.s Tochter tritt kurz darauf in die Küche. „Sie sieht ganz gelöst aus. Sie wird es wohl nicht mehr schwer gehabt haben?" „Setzen Sie sich doch noch kurz zu uns." Sie nimmt am Tisch Platz und wir klären ihre Fragen und alles, was es sonst noch zu klären gibt. Sie bittet darum, ihr ein bestimmtes Kleid anzuziehen und den dazu passenden Hut aufzusetzen. Sie möchte morgen noch mal zum Verabschieden kommen, eventuell mit Emilia. Ich bringe sie zur Tür, als sie gehen möchte. Den Schirm lässt sie im Windfang stehen. Ich rufe ihr hinterher, als ich es bemerke, aber sie hört mich nicht. Es scheint so, als wenn sie selbst den Regen nicht wahrnimmt, der weiterhin in einer beachtlichen Stärke vom Himmel fällt und ihre Kleidung bestimmt bereits stark durchnässt hat, als sie bei ihrem Auto angekommen ist.

Bevor meine Kollegin und ich Feierabend machen, waschen wir noch die verstorbene Frau L. und kleiden sie an. Es fällt mir ein bisschen schwer und doch tue ich es gerne für sie. „Ich habe sie echt gerne gemocht", sage ich zu meiner Kollegin, als wir abschließend noch eine Kerze auf dem Nachttisch entzünden. „Ich weiß und ich glaube, das beruhte auf Gegenseitigkeit. Komm, wir fahren nach Hause. Wir haben uns unseren Feierabend heute mehr als verdient."

Als ich zu Hause ankomme, sitzt Doro im Treppenhaus auf den Stufen des letzten Absatzes vor der Eingangstür meiner Wohnung. Auf ihrem Schoß steht eine überdimensionale blaue Tupperdose. „Kannst du nicht ein Mal pünktlich Feierabend machen?", mault sie mich zur Begrüßung an. Ich gucke sie mit einer Mischung aus Verwunderung und Irritiertheit an. „Was machst du denn hier?" „Oh, das ist aber schön, dass du dich so freust, dass ich vorbeigekommen bin." „So war das nicht gemeint." Ich ziehe die leicht verstimmt wirkende Doro von den Treppenstufen hoch und nehme sie in den Arm. „Ich freue mich sehr, dass du da bist. Ich habe mich nur gewundert, weil wir nichts verabredet hatten." „Ich dachte, so oft habe ich die Möglichkeit, meine kleine

Schwester mit einem Besuch zu überraschen, ja nicht. Außerdem hatte Mama noch was von der Gans von heute Abend übrig, was sie dir gerne zukommen lassen wollte." „Na, wenn das so ist." Ich schließe die Tür auf, wobei Doro mich von der Seite beobachtet. „Alles okay bei dir?" „Ja, war nur ein anstrengender Dienst." Wir treten ein, ziehen die Schuhe aus und gehen direkt in die Küche. „Setz dich mal hin." Doro drückt mich auf einen der dort befindlichen Stühle und wühlt in meinen Küchenschränken nach einem passenden Teller, der mit einem riesigen Stück Fleisch sowie Rotkohl und Knödeln befüllt und anschließend in die Mikrowelle geschoben wird. Das Essen schmeckt fantastisch, wie jedes Jahr, wenn unsere Mutter Gans mit ihrer besonderen Sauce macht. Die kann nur Mama so kochen und sie erinnert mich an Weihnachten in der Kindheit. Ich merke erst jetzt, was für einen Hunger ich habe, da ich vorhin ja nichts zum Abendbrot essen mochte. „Was habt ihr heute gemacht? Erzähle mir doch was von den Jungs", bitte ich meine Schwester. Ohne weiter nachzufragen erzählt Doro von ihrem Nachmittag. Justus und Jonas haben die Masken aus dem Schildkröten-Action-Paket wieder aufgesetzt und sind damit durch das ganze Haus gestürmt, wobei wohl ein Blumentopf und ein Lampenschirm zu Bruch gegangen sind. Alle waren daraufhin der Meinung, dass man mit den beiden trotz strömenden Regens das Haus verlassen müsste, um ihrem ausgeprägten Bewegungsdrang gerecht zu werden und ihnen die Möglichkeit zu geben, ihre überschüssige Energie loszuwerden. Zum Glück hatte Doro noch in letzter Minute Gummistiefel für die Zwillinge in den Koffer geworfen, welche nun zu vollem Einsatz kamen. Justus und Jonas hatten nicht eine einzige Pfütze ausgelassen und die ganze Zeit irgendwas mit Regenpiraten gegrölt. Jede Person, die sie trafen, wurde angeschrien, ob sie „zuckerwatte-zimperlich" sei. Zum Glück waren, aufgrund des Wetters, nicht viele Leute unterwegs. Martin war das ganze höchst unangenehm und nachdem er sich bei Doro beschwerte, sie müsse mal ihre Erziehung optimieren, da es doch nicht sein könne, dass er so vorlaute und distanzlose Kinder habe (er war schließlich als Kind ganz anders), wählte er einen von den Jungs und ihr separaten Weg, um wieder zu meinen Eltern zu gelangen.

Das Essen und Doros Erzählungen trösten mich unglaublich. Ich fühle mich gleich ein ganzes Stückchen besser, als ich aufgegessen habe. „Guck mal, was ich uns noch mitgebracht habe." Meine Schwester öffnet ihre Tasche und zaubert erst eine Flasche Wein und dann ihre Sissi-DVD-Box hervor. Ich muss lächeln, hole zwei Weingläser und wir machen es uns gemeinsam auf dem Sofa gemütlich. Nach der ersten halben Stunde des Films höre ich ein leises Schnarchen und schaue beim Blick neben mich auf eine schlafende Doro. Ich decke sie mit einer Wolldecke zu und schalte den Fernseher aus. Ganz vorsichtig und leise, um Doro nicht zu wecken, beuge ich mich über das Sofa und öffne noch die Nummer 26 meines Adventskalenders. Ich hole einen kleinen silbernen Schlüsselanhänger in der Form eines Engels hervor. Nachdenklich halte ich ihn einen Moment in der Hand und betrachte ihn. Ich denke an Frau L., unsere gemeinsamen Erlebnisse und den heutigen Tag.

Schließlich werfe ich noch einen Blick auf die friedlich schlafende Doro, bevor ich das Engelchen im Flur an meinem Schlüssel befestige und danach mein Bett aufsuche.

27. Dezember

„Wie bist du gestern eigentlich ins Haus gekommen, um auf mich zu warten?", frage ich Doro, als wir ins Auto steigen. Irgendwann in der Nacht muss es aufgehört haben zu regnen und der Tag macht einen insgesamt wesentlich freundlicheren Eindruck als sein Vorgänger. „Deine Nachbarin von unten hat mich reingelassen. Sie wollte mir auch gleich noch irgendwas Gehäkeltes schenken. Aber ich habe ihr gesagt, dass das bei mir Verschwendung ist, weil ich nicht auf so einen Kitsch stehe. Ich glaube, sie war dann etwas beleidigt. Na ja, die meisten Menschen werden ja irgendwann etwas wunderlich." Ich schaue sie kurz von der Seite an. Unglaublich, was Doro in ihrer direkten Art den Leuten so ins Gesicht sagen kann. Diese Gabe hat sie auch definitiv an ihre Kinder vererbt. „Eigentlich ist sie ganz okay. Sie häkelt halt sehr gerne und möchte anderen damit eine Freude machen." „Kann sie ja gerne machen, nur halt nicht mir. Apropos Kitsch: Hat dir der Schlüsselanhänger gefallen? Ich musste kurz an Mamas gruselige Engelsammlung von früher denken und war mir deshalb nicht ganz sicher, wie er bei dir ankommt." „Doch, ich finde ihn sehr schön", antworte ich und deute auf meinen Schlüssel, an dem der neue Anhänger bereits sicher befestigt ist. Ich halte bei unserem Lieblingsbäcker in der Stadt an und Doro flitzt schnell hinein und holt Croissants für uns und unsere Familie. „Morgen früh fahren wir wieder. Das weißt du, oder?", fragt sie mich, als sie mit einer großen Tüte beladen wieder ins Auto steigt. „Ja, weiß ich. Um wieviel Uhr fahrt ihr denn?" „Martin wollte so früh wie möglich los, damit auf der Autobahn noch nicht ganz so viel Verkehr ist. Wenn es nach ihm gegangen wäre, wären wir wahrscheinlich mitten in der Nacht aufgebrochen. Ich halte allerdings eher ein Zeitfenster zwischen 8 und 9 Uhr für realisierbar." „Dann sehen wir uns morgen gar nicht mehr." „Ich befürchte. Es ist aber auch echt unmöglich, dass du alle Feiertage Spätdienst hast und das Wochenende im Anschluss gleich auch noch. Aber wie ich dich kenne, hast du dich am Ende sogar noch angeboten, so zu arbeiten." Ich kaue auf meiner Unterlippe und sage lieber nichts, da Doro recht hat. „Kommst du uns auch bald mal wieder besuchen? Wir haben die Zimmer der Zwillinge renoviert, das hast du noch gar nicht gesehen." „Na klar! Ich hab` im Februar Urlaub und dachte, vielleicht komme ich über Karneval zu euch." „Ja, das wäre super. Die Jungs würden sich da auch riesig freuen." „Hauptsache, du lässt deine Sissi-Filme in ihrer Box", sage ich, während ich auf die Einfahrt unseres Elternhauses abbiege.

Es fällt mir nie leicht, mich von Doro und meinen Neffen zu verabschieden. Heute kommt es mir jedoch besonders schwer vor, was vermutlich daran liegt, dass ich mich emotional nicht so ganz auf der Höhe fühle.

Als ich mich später auf dem Weg zur Arbeit befinde, tröste ich mich mit dem Gedanken, noch zwei Dienste vor mir und danach erst mal ein paar Tage frei zu haben, die ich unbedingt mit schönen Dingen füllen will. Dabei fällt mir auf, dass ich noch gar keinen Gedanken daran verschwendet habe, wie ich den Jahreswechsel verbringen möchte. Fast zeitgleich gibt mein Handy, welches in meiner Tasche auf dem Beifahrersitz verstaut ist, mit einem Geräusch bekannt, dass es eine Nachricht empfangen habe. Bevor ich mein Auto verlasse, um pflichtgemäß meinen Arbeitsplatz aufzusuchen, lese ich die eingetroffene Nachricht, welche Marie als Absender aufweist: „Weihnachten haben wir geschafft. Jetzt wird es Zeit, dass wir uns Gedanken über Silvester machen. Ich will es auf jeden Fall mit dir krachen lassen. Melde dich doch mal bei mir, damit wir einen Plan aushecken können. Marie".

Ich antworte ihr noch schnell, dass ich Spätdienst habe und sie im Anschluss anrufen könnte, wenn es ihr nicht zu spät wäre, dann gehe ich hinein.

Meine Kollegin empfängt mich mit den Worten, dass wir heute eigentlich einen ruhigen Dienst haben müssten, wenn nichts Ungewöhnliches passiert und dass sie sich überlegt hat, dass wir unbedingt ausgiebigen Resteverzehr der ganzen Weihnachtsleckereien machen müssten. Schließlich sind die Feiertage vorbei und irgendwer müsste sich darum kümmern. „Da hast du in mir einen wahren Profi erwischt", antworte ich ihr augenzwinkernd und bemühe mich direkt nach der Übergabe, ihr Vorhaben in die Tat umzusetzen.

Der Dienst ist tatsächlich ruhig und wir räumen zwischendurch sogar schon etwas von der weihnachtlichen Dekoration wieder in die Kisten.

Am späten Nachmittag kommen Frau L.s Tochter und Emilia noch einmal ins Hospiz, um gemeinsam Abschied von ihrer Mutter und Großmutter zu nehmen. Die beiden verbringen auf ihren eigenen Wunsch hin eine gute halbe Stunde allein im Zimmer bei Frau L.

Als sie das Zimmer verlassen, weint Emilia laut. Das kleine blonde Mädchen steht mitten auf dem Flur und schafft es nicht, weiter zu gehen, obwohl ihre Mutter versucht, sie an der Hand weiter zu ziehen. „Meine Oma, meine Oma", schluchzt sie immer wieder und fängt schließlich an zu schreien; keine erkennbaren Worte, einfach nur ein leiderfüllt wirkendes Schreien. Es macht den Eindruck, als ob sie ihre ganze Trauer, den ganzen großen Schmerz über den Verlust ihrer Oma herausschreit. Nach einigen Minuten nimmt ihre Mutter sie auf den Arm. Emilia umschlingt sie fest mit ihren kleinen Armen und vergräbt ihr Gesicht an ihrer Schulter. Ich habe sie noch nie als so ein junges, zerbrechliches Mädchen wahrgenommen wie in diesem Moment. Frau L.s Tochter geht mit Emilia auf dem Arm in Richtung Ausgang. Sie geht langsam und ihre Augen sind stark gerötet, den sich unter Schluchzen zitternden Körper ihrer Tochter drückt sie fest an sich. Ich gehe hinter den beiden her und begleite sie auf diesem Weg zur Ausgangstür. Als wir an der Tür angekommen sind, dreht die Mutter sich zu mir um. „Danke für alles. Ich rufe nachher noch mal durch, um ein paar Formalitäten zu klären. Ich bin jetzt gerade nicht in der Lage dazu", sagt sie und deutet auf ihr Kind. „Kein Problem! Fahren Sie vorsichtig." Sie nickt und ich öffne ihr die Tür.

Als sie sich zum Gehen abwendet, hebt Emilia ihren Kopf und schaut mich an. „Du hast überhaupt nicht auf Oma aufgepasst. Du bist die schlechteste Krankenschwester auf der ganzen Welt! Ich hasse Dich!" Ihre Mutter dreht sich noch mal um. „Tut mir leid! Das meint sie nicht so." Ich winke ab und schaue den beiden hinterher, wie sie den Parkplatz überqueren und in ihr Auto einsteigen. Als ich die Tür wieder schließe, habe ich ein dumpfes Gefühl im Bauch.

Offensichtlich sieht man mir dieses direkt an, denn meine Kollegin, die auf mich in der Küche gewartet hat, schaut mich mit in Falten gelegter Stirn an. „Alles in Ordnung oder ist dir der ganze Süßkram jetzt doch auf den Magen geschlagen?"

„Alles in Ordnung", erwidere ich und versuche zu lächeln.

Das dumpfe Gefühl ist zum Ende des Dienstes immer noch nicht ganz verschwunden. Selbst der zwischenzeitliche Anruf von Frau L.s Tochter, die sich nochmals für Emilia entschuldigt und sagt, dass sie wusste, dass ihre Mutter ein besonderes Verhältnis zu mir hatte, ändert nichts daran. Trotz langjähriger Berufserfahrung und ähnlicher Erlebnisse in der Vergangenheit bin ich der Willkür meiner Emotionen meist machtlos ausgeliefert.

Zu Hause angekommen fische ich mein Handy aus meiner Handtasche und lasse mich mit diesem in der Hand auf dem Sofa nieder. Ich habe den ganzen Dienst über keinen Blick darauf geworfen und bemerke jetzt erst, dass ich 14 neue Nachrichten habe.

Eine ist von Marie, dass sie morgen früh eine Verabredung habe und es ihr deshalb tatsächlich heute zu spät wäre, zu telefonieren. Sie habe jedoch schon einen Plan für Silvester, in den sie mich morgen oder übermorgen einweihen werde.

Eine Nachricht ist von Jenny, die mitteilt, dass sie spontan Wellness-Urlaub über den Jahreswechsel gebucht habe und fragt, ob wir uns denn vorher vielleicht noch einmal zum Kaffeetrinken oder Frühstücken treffen wollten.

Eine Nachricht ist von Doro. Nach schier endlos langem Stau sind sie gut bei Martins Eltern angekommen. Zehn weitere Mitteilungen sind ebenfalls von ihr und enthalten Bilder von den Zwillingen während der Fahrt und von endlos langen Autoreihen auf der Schnellstraße.

Ich scrolle auf dem Bedienfeld auf meinem Handy langsam herunter und erreiche so die letzte von den Nachrichten, die heute eingetroffen ist. Das dumpfe Gefühl in der Magengegend verstärkt sich, als ich sehe, dass Arne der Verfasser dieser Mitteilung ist:

„Liebe Lissy, ich würde gerne persönlich mit dir sprechen. Vielleicht meldest du dich mal bei mir. Ich weiß, ich habe dir sehr weh getan und würde mich umso mehr freuen, wenn du mir noch eine Chance gibst. Arne".

Ich lege mein Handy zur Seite, schließe die Augen und versuche, meine Gedanken zu sortieren. So liege ich wohl ein ganzes Weilchen, bis ich fast einschlafe, ohne es geschafft zu haben, auch nur irgendetwas in meinem Kopf zu ordnen. Deshalb beschließe ich, dass ich lieber schlafen gehen sollte und mich morgen mit der Beantwortung der Nachrichten, besonders der von Arne, befasse. Ich öffne noch schnell das Adventskalendersäckchen mit der Nummer 27, welches eine kleine herzförmige Kerze enthält. Ich stelle sie in der Küche auf den Esstisch und begebe mich, nachdem ich noch mal kurz das Bad aufgesucht habe, in mein Bett.

28. Dezember

In den Rauhnächten ist alles möglich. Da geht ein ganz besonderer Geist umher, hatte Oma Anni uns früher immer erzählt. Sie meinte damit die Tage zwischen den Jahren und hatte zig verschiedene Brauchtümer und Geschichten dazu parat. Wir sollten keine Wäsche aufhängen und alles immer wieder gleich ordentlich aufräumen. Außerdem erzählte sie, dass die Tiere jetzt manchmal sprechen könnten, wenn sie wollten und dass man seinen zukünftigen Ehemann treffen könnte. Die Liebe habe zu dieser besonderen Zeit eine ganz besondere Kraft. Ich habe Oma Annis Erzählungen geliebt und nie in Frage gestellt. Ich fand das alles furchtbar spannend und habe ihr nur zu gerne geglaubt.

Als ich heute früh aus dem Fenster schaue, muss ich an die magischen Rauhnächte denken: Eine Schicht aus glitzerndem Reif hat sich in der Nacht über die Häuserdächer, die Straßen und die Kirchturmspitzen gelegt. Selbst die Bergwiesen glitzern in der Ferne weiß. Kein Auto und kein Mensch sind auf der Straße zu sehen und es wirkt auf mich so, als wäre die ganze Stadt verzaubert. Der fehlende Verkehr lässt sich allerdings vermutlich damit erklären, dass heute Sonntag ist und dazu noch recht früh am Tag. Eigentlich auch keine Zeit, zu der ich mich aus dem Bett bewege, wenn ich nicht muss. Die Nacht war allerdings geprägt durch mehrere aneinander gereihte zusammenhangslose Träume, in denen zumeist Arne der Hauptakteur war, was zur Folge hatte, dass ich meinen gesamten nächtlichen Schlaf als unentspannt empfand und heute früh, als ich zum wiederholten Mal aus einem Traum unangenehm aufgewacht bin, beschlossen hatte, dass es vielleicht besser wäre, den Tag für mich einzuläuten.

Wahrscheinlich hätte meine Oma solch eine Nacht auch durch die Rauhnächte begründet.

Gähnend sitze ich jetzt mit einem Kaffee in der Hand am Küchenfenster, genieße den Ausblick und versuche, mir möglichst viel von Annis Erzählungen wieder ins Gedächtnis zu rufen. Manches ist in meiner Erinnerung bereits etwas verschwommen, was mich melancholisch stimmt, manches ist jedoch noch ganz präsent, als wäre es gestern geschehen.

Ich erinnere mich noch ganz genau an die Küche, in der wir oft auf einer Bank vor dem Ofen saßen, während unsere Oma gebacken und gekocht hat. Um die Feiertage herum hat sie eigentlich täglich gebacken und wir haben oft noch warme Kekse auf einem Tellerchen von ihr gereicht bekommen. Dazu einen frisch gekochten Kaffee mit viel Milch und Zucker. Unsere Mutter hat sich wahnsinnig aufgeregt, als sie mitbekommen hat, dass wir bei Anni Kaffee trinken, aber wir haben es trotzdem weiter gedurft. Wahrscheinlich kommt daher meine Leidenschaft für Milchkaffee. An einem Winterabend hat sie uns erzählt, dass man in den Rauhnächten oft seinem zukünftigen Ehemann im Traum begegnet. Ich konnte daraufhin abends gar nicht einschlafen und habe mich übertrieben bemüht, an einen damals erfolgreichen Springreiter zu denken, für den ich geschwärmt habe. Ich dachte mir, wenn ich nur fest genug an ihn denke, werde ich schon von ihm träumen. Leider konnte ich mich am nächsten Tag nicht ansatzweise an meinen Traum erinnern, dafür hat Doro beim Frühstück erzählt, dass sie mit ihm im Traum auf seinem Hannoveraner Hengst weggeritten wäre. Ich war so sauer auf Doro und habe tagelang nicht mit ihr gesprochen. Im Endeffekt wollte sie mich wahrscheinlich nur ärgern, obwohl ich mir darüber bis heute noch nicht ganz klar bin.

Ihr zukünftiger Ehemann ist er jedenfalls nicht geworden, sondern der liebe Martin. Und der ist definitiv kein Typ, der die Träume von kleinen Mädchen erhellt.

Über meine Kindheitserinnerungen schlagen meine Gedanken Purzelbäume, landen bei den Träumen der letzten Nacht und schlussendlich bei Arne und der Nachricht, die ich gestern von ihm erhalten habe. Ich beschließe erst einmal, eine heiße Dusche zu nehmen und mich danach mit der Beantwortung von Arnes Mitteilung zu befassen. Passenderweise entnehme ich meinem Adventskalender, den ich vorher noch öffne, ein kleines Fläschchen Duschgel. Es duftet nach Pfingstrose und soll mir helfen, mich schön und revitalisiert zu fühlen.

Schön fühle ich mich leider trotzdem nicht, als ich eine halbe Stunde später wieder unter der Dusche hervorkomme, aber immerhin von meiner körperlichen Verfassung her besser als vorher. Ich genehmige mir meine zweite Runde Kaffee und schnappe mir voller Tatendrang mein Handy. Zuerst antworte ich Jenny, dass ich mich gerne in diesem Jahr noch einmal mit ihr treffen möchte und frage sie, wann es ihr denn am besten passen würde. Danach schreibe ich Doro ein paar Zeilen und wende mich schließlich Arnes Nachricht zu. „Will ich mich überhaupt noch einmal mit ihm treffen?", frage ich mich selbst, bevor ich zu tippen beginne. Er hätte mich besser anrufen sollen, dann hätte ich eventuell wenigstens schon mal grob einordnen können, was er will. Ich glaube, früher lief in unserer Gesellschaft einiges besser, als man noch gezwungen war, miteinander zu sprechen, und wenn es nur am Telefon war. Ich lese die Nachricht erneut. Eine Chance soll ich ihm noch mal geben, hat er geschrieben. Eine Chance, um eine Beziehung mit mir zu beginnen? Eine Chance, um sich nochmals ausführlich zu erklären? Dass da noch Gefühle sind, die mein Herz höherschlagen lassen, wenn ich seinen Namen lese oder die mich die ganze Nacht von ihm träumen lassen, ist außer Frage. Tatsächlich habe ich nach unserem letzten Gespräch jedoch etwas Bedenken, wie sich das mit uns weiter entwickeln soll oder auch kann.

Aber es nützt ja nichts, wenn ich es wissen will, muss ich mich schon mit ihm treffen. Kurzentschlossen tippe ich in mein Handy: „Heute muss ich arbeiten, hätte morgen oder übermorgen Zeit", und sende es genau so ohne die Verwendung jeglicher Grußformeln oder Nettigkeiten ab. Ich wühle im Schrank nach etwas Essbarem und finde noch ein Paket zuckerreduziertes Müsli. An manchen Tagen habe ich so Anwandlungen, dass ich mir kalorienreduzierte Produkte beim Einkaufen in den Wagen lege, weil ich mich von der Gesellschaft genötigt fühle, etwas an meiner Figur zu ändern. Wenn diese Anwandlung besonders stark ist, lege ich sogar noch eine DVD mit Fitnessübungen ein, die mich jetzt bald schon zwei Jahrzehnte in solchen harten Zeiten begleitet. Meist beschließe ich ein bis spätestens zwei Tage später, dass ich eigentlich doch noch halbwegs okay aussehe und das Leben einfach viel zu kurz ist, um sich solch ein Martyrium selbst aufzuerlegen, nur um irgendeiner Schönheitsnorm zu entsprechen. In der Regel belohne ich mich dann mit einer Bestellung bei meinem Lieblingsitaliener, denn schließlich war ich ja die Zeit zuvor enthaltsam und muss meinen Energiehaushalt auffüllen - so begründe ich mir mein Verhalten zumindest selbst. Das Müsli stammt jedenfalls aus einer dieser Phasen des Strebens nach körperlicher Veränderung. Ich mache mir ein Schälchen mit Milch zurecht, zünde die Kerze, die ich gestern im Adventskalender vorgefunden habe, an und lümmele mich an den Küchentisch. Das Müsli schmeckt eigentlich perfekt, viel angenehmer, als wenn es so überzuckert wäre, wie die meisten es sind. Ich schaue auf die Kerze. „Set your heart on fire", steht am Rand. Das habe ich gestern gar nicht gelesen. Die Flamme leuchtet hell und tatsächlich zaubert das rote Herzchen ein ganz stimmungsvolles Licht in meine Küche. In diesem Moment piept mein Handy und eine Nachricht von Arne leuchtet auf dem Display auf: „Du glaubst gar nicht, wie glücklich ich bin, dass du dich meldest. Morgen habe ich leider einen Termin, den ich nicht verschieben kann. Übermorgen habe ich aber den ganzen Tag frei. Würde gerne mit dir essen gehen. Wann darf ich dich denn abholen?"

Morgen hat er einen wichtigen Termin? Ich muss das ja alles nicht immer verstehen. Das werde ich ihn auf jeden Fall auch gleich fragen, was für einen so wichtigen Termin er denn hatte, nehme ich mir vor. *„Ja, dann am besten abends. 18:30 Uhr?"*, antworte ich.

„Ich hole dich ab. Freue mich schon sehr!", erreicht mich nur wenige Sekunden später die Antwort.

Ich lege mein Handy zur Seite und schaue auf die Kerze. Hoffentlich mache ich das Richtige und verrenne mich nicht wieder in irgendwas. Still und gedankenverloren löffele ich mein Müsli aus.

Leider ist nicht nur die Welt vor meinem Küchenfenster mit einer glitzernden Eisschicht überzogen, sondern auch die

Scheiben meines Autos. Die Eisschicht erweist sich als äußerst fest und resistent gegenüber meinen Bemühungen, sie zu entfernen und meine Handschuhe sind wie immer in solchen Situationen unauffindbar, so dass ich völlig abgehetzt und halb erfroren auf der Arbeit erscheine. Zudem wirkt es gar nicht wie Sonntag. Das Telefon klingelt unentwegt und am frühen Nachmittag nehmen wir notfallmäßig einen Gast auf, dessen Versorgung zu Hause nicht mehr gewährleistet war. Im größten Chaos klingeln auch noch die Bestatter an der Tür, die beauftragt wurden, Frau L. abzuholen. Ich öffne ihnen die Tür. Sie schieben einen hellen Holzsarg auf den Flur und lassen sich von uns den Weg zu Frau L.s Zimmer weisen. Ich bleibe im Raum anwesend, während Frau L. von den Bestattern aus ihrem Bett in den Sarg umgebettet wird. Es ist kalt in dem Zimmer, da das Fenster noch einen Spalt geöffnet ist. Ich stelle mich fröstelnd in die Ecke, um nicht im Weg zu sein. Frau L.s dünner Körper wirkt schon erstarrt und die Bestatter legen sie leicht wie eine Puppe von dem Bett in den Sarg. Das große Windlicht auf dem Nachtschrank brennt noch und wir halten alle einen Moment inne und betrachten die Verstorbene im Kerzenschein. Auf ihrem Bett liegt noch die weiße Rose, die meine Kollegin und ich nach ihrem Versterben dort hingelegt hatten. Über die Zeit hat sie jedoch bereits viele ihrer Blätter verloren und ihren Kopf zur

Seite geneigt. „Soll die Blume mit in den Sarg?", fragt mich einer der Bestatter, der vermutlich meinen auf die Blume gerichteten Blick bemerkt hat. „Nein, es sollte eine andere Blume sein. Können Sie kurz warten?", erwidere ich. Die Bestatter nicken und ich hole die Häkelrose, die Frau L. damals auf dem Flur gefunden hat und die ich so lange für sie in meinem Spind verwahrt habe.

„Ein ganz besonderes Symbol, eine Blume, die nicht verwelkt",die ich ihr ja auf ihre „letzte Reise mitgeben" könne, hat sie damals zu mir gesagt und mir die Blume in die Hand gedrückt. Diese Begegnung ist erst ein paar Tage her und doch liegt ein ganzes menschliches Dasein dazwischen. Ich lege ihr die Blume mit in den Sarg und schicke ihr gedanklich einen letzten Gruß, während mein Blick noch für einen kleinen Moment auf ihrem leblosen Gesicht verweilt.

Schließlich trete ich zurück. Die Bestatter verschließen den Sarg und verlassen mit ihm das Zimmer. Ich puste die Kerze auf dem Nachtschrank aus und beobachte, wie der Rauch in dünnen Schwaden nach oben zieht, bevor er sich dann ganz verliert und mit bloßem Auge nicht mehr erkennbar ist. Für einen Moment ist es unglaublich still. Eine schwere, drückende Stille, die den ganzen Raum einzuhüllen scheint.

Ich atme tief ein und lege ein sauberes Laken über das leere Bett. Draußen klingelt das Telefon und zerreißt die Stille. Zeitgleich höre ich meine Kollegin mit eiligen Schritten über den Flur eilen, was für mich Anlass ist, auch schleunigst das Zimmer zu verlassen und ihr zu helfen, das Chaos des heutigen Tages in den Griff zu bekommen.

Als wir abends unsere Schuhe in den Schrank stellen, qualmen diese. „Heute hätte ich meine Fitness-App aktivieren müssen. Wir sind bestimmt so viel gelaufen, dass ich die nächsten drei Tage auf dem Sofa liegen bleiben kann", lacht meine Mitstreiterin. „Gut, dass wir jetzt frei haben. Wann kommst du wieder, Lissy?" „Nächstes Jahr. Das klingt super, oder?" „Klingt fantastisch! Ich wünsche dir ein schönes Frei und einen guten Rutsch." „Danke! Wünsche ich dir auch!" Wir umarmen uns kurz und sehen dann zu, dass wir unsere Arbeitsstätte für dieses Jahr verlassen.

29. Dezember

Ein Fläschchen goldener Nagellack! Ich halte es ins Licht und drehe es zu allen Seiten, um mir sicher zu sein, dass der

Farbton wirklich Gold ist, um schließlich festzustellen, dass es definitiv zutrifft. Ein kleiner Zettel befindet sich auch noch in dem Adventskalendersäckchen mit der Nummer 29, aus dem ich den Nagellack eben hervorgeholt habe. „Ein bisschen mehr Glamour hat noch keinem geschadet", steht in Doros Handschrift darauf. Da hat sie eigentlich recht, denke ich bei mir, als ich den Nagellack im Badezimmer auf die Waschbeckenablage stelle und mir vornehme, ihn spätestens übermorgen zum Silvester-Feiern aufzutragen.

Marie hatte mich heute schon in aller Herrgottsfrühe angerufen (okay, ich muss eingestehen, es war bereits neun Uhr), um mich davon zu unterrichten, dass sie nach langen Überlegungen zu dem Entschluss gekommen ist, eine Party bei sich zu geben. „Wir hätten uns früher kümmern müssen, dann hätten wir auch woanders hingehen können, jetzt ist natürlich alles ausgebucht. Es ist jedes Jahr das Gleiche", hatte sie gestöhnt und mir eine Einkaufsliste durchgegeben. „Ich muss heute und morgen noch arbeiten, deshalb übernimmst du das Einkaufen. Du hast ja jetzt frei." Ich habe schnell gemerkt, dass Widerspruch zwecklos ist und ihr versprochen, mich um den Einkauf zu kümmern und am 31. vormittags beim Vorbereiten zu helfen.

Kurze Zeit später klingelt das Telefon schon wieder. Diesmal ist es Jenny, die anruft und sich mit mir für den heutigen Nachmittag zum Kaffeetrinken verabredet.

Bis zu dieser Verabredung hin verbringe ich den Tag mit Hausarbeit. Ich bin leider keine gute Hausfrau und werde es wohl auch nicht mehr werden. Man merkt, dass ich die letzten Tage keine Zeit für das Aufräumen und Reinigen meiner Wohnung aufgewendet habe. Und wenn ich sage „keine", dann meine ich auch wirklich „keine". Auf der Arbeitsplatte in der Küche türmen sich die Kaffeetassen, im Flur liegen mehrere Paare ungeputzte Schuhe und Stiefel auf einem Haufen und mein Teppich vor der Wohnzimmercouch ist übersät mit Kekskrümeln. Ich versuche mir kurz einen Überblick über das Chaos zu verschaffen und die Erledigung der anliegenden Arbeiten nach Priorität zu ordnen, bevor ich mich schließlich schweren Herzens in den Kampf gegen Unordnung und Schmutz begebe. Nach mehreren Stunden lasse ich mich schwer atmend aufs Sofa fallen und erkläre meine Wohnung für ausreichend gereinigt. Tatsächlich sieht es überall recht passabel aus, stelle ich fest, als ich noch mal einen Kontrollgang durchführe, ehe ich mich zurechtmache, um meine Verabredung mit Jenny wahrzunehmen. Wir treffen uns in einem kleinen Kaffeehaus am Marktplatz. Zum

Glück teilt Jenny meine Leidenschaft für dieses Kaffee, denn ich bin zu gerne dort Gast. Die Sitzmöbel sind mit dunkelgrünem Samtbezug gepolstert, die Bilder an der Wand sind heimische Künstlerzeichnungen aus längst vergangener Zeit und die Musik, die im Hintergrund läuft, ist ein buntes Potpourri aus Marschmusik, Chansons und anderen musikalischen Leckerbissen aus einer Zeit, die wir nicht mehr erlebt haben. Außerdem ist der Kaffee immer frisch aufgebrüht und die Torten selbst gebacken. Wir heben auch heute, wie schon so oft, den Altersdurchschnitt locker um 20 Jahre an, als wir uns an einem Tisch niederlassen und unsere Bestellung aufgeben. Jenny war, als sie vor der Tür auf mich gewartet hat, schwer beladen mit mehreren Tüten, die sie nun mühevoll versucht, so hinzudrapieren, dass sie nicht den Durchgang zu unserem Tisch versperren. „Hattest du noch was vom Weihnachtsgeld übrig, was du unter die Leute bringen musstest?", frage ich sie und deute lachend auf ihr Gepäck. „Nee, ich muss umtauschen. Habe mal wieder nur Schrott geschenkt bekommen. Ich habe ganz klare Ansagen gemacht, was ich geschenkt bekommen möchte und es hat sich so gut wie niemand daran gehalten. Jetzt habe ich wieder die Rennerei", schnaubt sie. „Sind es denn so schlimme Sachen, dass du gar keine Verwendung für sie findest?", frage ich und recke meinen Hals, um einen Blick in eine der

Tüten zu erhaschen. „Ich zeige dir gerne die schönen Stücke, mit denen ich von meiner lieben Familie bedacht wurde, wenn du dich bereit erklärst, mich beim Umtauschen zu begleiten."

Jenny zwinkert mir zu und zieht aus der ersten Tüte einen hellbraunen Wollschal mit einem dazu passenden Stirnband, in welche silberne Glitzerfäden eingearbeitet sind. Ich brauche einen kleinen Moment, um eine passende Reaktion auf dieses modische Highlight zu finden und bringe dann schließlich nur „Och ja" hervor. Jenny guckt mich an und wir fangen beide an, unkontrolliert zu lachen. „Ist gut", sage ich, als wir uns langsam wieder beruhigt haben. „Ich sehe, dass der Fall ernst ist und begleite dich beim Umtauschen."

„Super, Lissy! Du bist die Beste!" Jenny guckt zufrieden und wir bestellen uns jede bei der Bedienung ein Stück Schwarzwälder Kirschtorte zu unserem Kaffee, welches bedauerlicherweise viel zu schnell verzehrt ist.

Als ich abends nach Hause komme, sehne ich mich nach Ruhe. Die Kaufhäuser und Geschäfte der Stadt waren dermaßen überfüllt, als ob die gesamte Menschheit genau heute den Auftrag erhalten hätte, Geld unter die Leute zu bringen. Die meisten der im Einzelhandel angestellten

Damen und Herren, die nun versuchten, in diesem von Konsumrausch bestimmten Chaos den Überblick und vermutlich auch den Verstand zu behalten, wirkten von Jennys Wunsch, diverse Dinge umzutauschen, nicht gerade begeistert, was sie uns mehr oder weniger auch spüren ließen. Untermalt wurde das Ganze durch eine Geräuschkulisse, die entsteht, wenn zu viele Menschen auf zu engem Raum durcheinanderreden in einer angehobenen Lautstärke, damit man sie auch nicht überhören kann. Nebenbei wird gedrängelt und geschubst, als wenn man gemeinsam mit einer Gruppe Fünfjähriger ansteht, um beim Weihnachtsmann vorzusprechen - ein Erlebnis, das ich vor einigen Jahren mit den Zwillingen machen durfte; ich weiß also, wovon ich rede.

Die Stille, die mich in meiner Wohnung empfängt, umgibt mich deshalb nach diesem Nachmittag geradezu wohltuend. Ich lasse mir ein Rückenwärmebad ein, weil ich nach so vielen Diensten und einer darauffolgenden aufreibenden Shopping- bzw. Umtauschtour dann doch merke, dass ich leider keine zwanzig mehr bin und besonders mein Rücken sich anfühlt, als ob allmählich Verschleißerscheinungen auftreten. Sowohl bei Badetemperatur als auch -zeit schaffe ich es nicht ansatzweise, mich an die auf der Flasche abgedruckten Empfehlungen zu halten und überschreite beides deutlich, weil ich andernfalls sowohl die Wirkung als auch den von mir gewünschten Entspannungseffekt anzweifele.

So liege ich also, als Tagesabschluss, knappe zwei Stunden in der Badewanne, in die ich immer wieder heißes Wasser nachlaufen lasse und versuche, mich zu entspannen, was mir jedoch nur mäßig gelingt. Meine Gedanken finden keine Ruhe, lassen sich nicht sortieren und driften mir weg, besonders in Bezug auf meine morgige Verabredung mit Arne.

30. Dezember

Ich schnappe mir meine Handtasche, zwei große, stauraumreiche Stoffbeutel und die Einkaufsliste, die ich auf Maries Anweisung geschrieben habe und verlasse das Haus. Was ich erledigt habe, habe ich erledigt, dachte ich mir, als ich heute viel zu früh aus dem Bett gefallen bin und dann ganz kurzentschlossen entschieden habe, den Silvestereinkauf sofort zu erledigen. Zudem ist meine

Hoffnung, dass der Andrang sich am frühen Morgen noch in Grenzen hält, was sich glücklicherweise auch bewahrheitet und einen Zustand darstellt, den ich sehr begrüße, da mein Bedarf an drängelnden und lärmenden Menschenmengen von gestern noch ausreichend gedeckt ist.

Ich kann den Supermarkt wieder relativ flott verlassen und habe es sogar geschafft, Maries meiner Ansicht nach abstruse Wünsche - wie die Besorgung von Glückskeksen und Sternfrüchten - zu erfüllen.

Schwer beladen schließe ich wenig später die Haustür auf und renne fast in Frau Braun, die gerade im Begriff ist, den Flur zu wischen. „Na, Fräulein Höfer, fallen Sie mir nicht noch hin", begrüßt sie mich. „Ich will mich bemühen. Hatten Sie schöne Weihnachten?" „Ja, war wirklich schön bei meinem Sohn und seiner Familie. Aber wissen Sie, jetzt ist man doch wieder froh, seine Ruhe zu haben und für sich zu sein." Frau Braun macht auf mich eigentlich nie den Eindruck, als wenn sie gerne für sich wäre, deshalb lasse ich ihren Ausspruch unkommentiert stehen und konzentriere mich lieber darauf, unbeschadet mit meinen Einkäufen über das nasse Linoleum zu kommen. „Ich wünsche Ihnen noch einen schönen Tag!", rufe ich über meine Schulter. „Fräulein Höfer?" Das hätte ich mir eigentlich denken können, dass ich so leicht nicht an ihr vorbeikomme. „Haben Sie mal wieder Zeit, um eine Runde Karten mit mir zu spielen?" Aha, also will sie wohl doch nicht erst mal nur ihre Ruhe genießen. „Natürlich, gerne. Heute und morgen bin ich allerdings leider schon verabredet. Das müssten wir dann aufs nächste Jahr verschieben", antworte ich ganz wahrheitsgemäß. Wir verabreden uns für den Abend des zweiten Januars und ich komme mit der Anmerkung, dass ich Einkäufe dabeihabe, die ich dringend kühlen muss, doch noch an ihr vorbei, ohne detailliert von meinen Feiertagen berichten zu müssen. Kaum, dass ich oben angekommen bin und die Einkäufe eingeräumt habe, klingelt es an der Tür. Ich verdrehe die Augen, da ich es mir gerade auf dem Sofa gemütlich machen wollte und den starken Verdacht habe, dass es Frau Braun ist, die klingelt und mir damit diesen Plan zunichtemacht. „Ja, bitte?", rufe ich durch die Gegensprechanlage in größter Bemühung, nicht genervt zu klingen. Zu meiner großen Überraschung höre ich jedoch am anderen Ende nicht Frau Braun, sondern einen abgehetzten Postboten, der ankündigt, ein Paket für mich zu haben. Ich betätige den Türöffner und überlege fieberhaft, ob ich noch eine Bestellung offen habe, während ich den Postboten mit großen Schritten die Treppe hocheilen höre. „Ein Paket für Elisabeth Höfer", sagt er und drückt mir eine große runde Schachtel in die Hand, für deren

Erhalt ich versuche, ihm eine Unterschrift, die meiner ähnelt, auf einem kleinen digitalen Display zu geben. Er verabschiedet sich hastig und ich gehe mit dem Paket hinein und stelle es auf meinen Wohnzimmertisch. Auf einmal trifft es mich wie ein Schlag. Das ist kein herkömmliches Paket. Das ist eine Hutschachtel. Vorsichtig zertrenne ich mit einer Schere die Klebestreifen, die die Schachtel geschlossen halten, entferne eine Menge Seidenpapier und Füllmaterial und halte schließlich einen Hut in meinen Händen. Nein, nicht einen Hut, *meinen* Hut. Schon während des Auspackens hat mein Herzschlag seine Frequenz erhöht, vor Aufregung, vor Freude und weiteren gemischten Gefühlen, die ich nicht zu beschreiben vermag. Jetzt, wo ich den Hut in den Händen halte, kommt er mir vor wie ein kleines Wunder. Er hat eine hohe Krempe, ähnlich dem Hut von Frau L., den ich in der Vergangenheit aufprobiert hatte, und ist mit einem schwarzen samtartigen Stoff überzogen, der unter meiner Wohnzimmerlampe matt schimmert. An der Krempe ist mit einer Büroklammer ein kleiner Briefumschlag fixiert. *Schwester Elisabeth* steht in schnörkeliger Schreibschrift darauf. Vorsichtig, um nichts zu beschädigen, öffne ich den Umschlag mit einer Schere und entnehme eine kleine blasslila Karte:

„Am Ende unseres Lebens bereuen wir zumeist nicht die Dinge, die wir getan haben, sondern die Dinge, die wir nicht getan haben. Ich wünsche Ihnen alles Gute! Frau L."

Andächtig halte ich den Zettel in der Hand und lese ihn mehrmals hintereinander, bis ich es schaffe, ihn wegzulegen. Frau L. ist mir gedanklich in diesem Moment so nah, dass es mir fast unwirklich erscheint, dass sie nicht mehr lebt.

Ich setze mir den Hut auf den Kopf und schaue mich damit im Spiegel an. Tatsächlich wirkt er wie für mich gemacht, was er ja auch zweifelsohne ist.

Als es abends kurz vor der verabredeten Zeit an der Tür klingelt, setze ich mir den Hut erneut auf und laufe fast beschwingt die Stufen hinunter. Irgendwie gibt der Hut mir ein besonderes Gefühl. Vielleicht liegt es aber auch nur daran, dass ich versuche, meinen Oberkörper besonders gerade und den Kopf hochzuhalten, damit er nicht verrutscht. Vermutlich würde er das sowieso nicht tun, aber ich muss mich erst mal langsam an das Tragen meiner neuen Kopfbedeckung herantasten, was sich an anfänglicher Vorsicht bemerkbar macht.

Arne nimmt mich zur Begrüßung in den Arm und ich lasse es geschehen. Ich habe den halben Tag versucht, mir darüber klar zu werden, was ich mir eigentlich in Bezug auf uns beide wünsche und bin völlig im Unklaren geblieben. In dem von Doro gestalteten Adventskalender befand sich heute ein kleines Marzipanschwein mit Kleeblatt im Mund und Zylinder auf dem Kopf. „Wenn du aufhörst, nach dem Glück zu suchen, kommt es von allein", war auf die Verpackung gedruckt und nachdem ich das Schwein in zwei großen Happen vertilgt hatte, habe ich mir vorgenommen, es so zu machen, wie es mir der Aufdruck suggeriert. In meiner Interpretation hieß das, dass ich aufhören soll, mir weiterhin so viele Gedanken zu machen und habe den heutigen Abend möglichst entspannt auf mich zukommen lassen. Die Betonung hierbei liegt auf „möglichst".

„Ich habe uns einen Tisch bei Costa reserviert. Wollen wir zu Fuß gehen?", sagt er, als er mich aus seiner Umarmung entlässt. Ich lächele und nicke. Früher waren wir auch oft bei Costa, wenn Marie eingeladen hat und seitdem ich in einer Entfernung wohne, die eine fußläufige Erreichbarkeit von maximal fünf Minuten aufweist, ist es das Restaurant, welches von mir eindeutig am meisten aufgesucht wird und trotzdem in seiner Beliebtheit bei mir noch rein gar nichts verloren hat, eher im Gegenteil. Ich mag Vertrautes, Altbekanntes und bei Costa ist dies der Fall. „Ich habe lange

überlegt, wohin ich dich einladen könnte und habe mich am Ende dann doch hierfür entschieden", sagt Arne, als er mir die Tür aufhält. „Es ist perfekt", antworte ich und trete ein. Costa begrüßt uns in seiner üblichen überschwänglichen Art und begleitet uns zu dem reservierten Tisch, wo wir uns erst mal in die Speisekarten vertiefen, obwohl ich natürlich längst weiß, was ich mir bestellen will, weil ich eigentlich fast immer das Gleiche nehme; ich mag halt wirklich Vertrautes. Nachdem wir bestellt haben, tritt eine kurze verlegene Stille ein, die Arne dann schließlich durchbricht. „Lissy, ich wollte gerne mit dir reden, weswegen wir ja hier sind. Es ist so, dass ich viel nachgedacht habe und letztendlich zu dem Schluss gekommen bin, dass es für uns nur eine Lösung geben kann."
Ich schaue ihn erwartungsvoll an und genau in diesem Moment klingelt mein Handy. Es klingelt in einer Lautstärke, die sich nicht ignorieren lässt und zu meiner Verwunderung spielt es die Titelmusik von Miss Marple ab, welches der Klingelton ist, den ich exklusiv meiner Mutter zugeordnet habe, für die es äußerst ungewöhnlich ist, mich um diese Uhrzeit auf dem Handy anzurufen. „Tut mir leid, da muss ich kurz rangehen", sage ich zu Arne, wühle mein Handy aus der Tasche und nehme den Anruf an. Kaum, dass ich mich gemeldet habe, höre ich meine Mutter weinen. „Lissy, kannst

du bitte ins Krankenhaus kommen? Wir hatten einen Autounfall. Papa wird gerade untersucht."

„Ich komme sofort", antworte ich und lege auf. „Es tut mir leid", sage ich zu Arne, raffe meine Jacke und meine Tasche zusammen und renne am höchst verwundert wirkenden Costa vorbei, aus dem Restaurant heraus, über die Straße in Richtung meiner Wohnung, bis ich schließlich vor meinem Auto stehe. Ich entferne mit leicht zitternden Händen die Eisschicht, die sich bereits wieder begonnen hat, auf der Windschutzscheibe zu bilden und fahre darauf bedacht, mich möglichst auf den Verkehr zu konzentrieren. Da ich vor der Aufnahme meiner Tätigkeit im Hospiz in diesem Krankenhaus gelernt und im Anschluss daran auch noch einige Jahre dort gearbeitet habe, kenne ich mich noch gut aus und eile, ohne an der Pforte zu fragen, durch zur Notaufnahme. Die Krankenschwester, die dort am Tresen steht, ist tatsächlich auch eine Klassenkameradin von mir aus den vergangenen Tagen, in denen wir unsere Ausbildung absolvierten. „Hey Lissy!", begrüßt sie mich. „Was machst du denn hier?" „Meine Mutter hat mich angerufen. Meine Eltern hatten einen Autounfall", presse ich etwas außer Atem hervor. „Ach ja ,ich weiß, wen du meinst. Das sind deine Eltern? Warte, ich komme rum und bringe dich mal zu deiner

Mutter. Dein Vater ist noch beim Röntgen." Sie läuft um den Tresen herum und bringt mich zu einem kleinen Wartebereich vor mehreren Behandlungszimmern. „Gut, dass du hier bist. Deiner Mutter geht es körperlich gut. Das Unfallereignis hat sie psychisch allerdings etwas mitgenommen und sie macht sich riesige Sorgen um deinen Vater. Der ist, wie gesagt, gerade noch beim Röntgen. Aber sobald ich was weiß oder höre, sage ich euch Bescheid." „Danke." Ich nicke ihr zu und sie geht schnellen Schrittes zurück in die Richtung, aus der wir gekommen sind.

Der Wartezimmer beherbergt aktuell niemanden außer meiner Mutter. Ganz klein und in sich zusammen gesunken sitzt sie in der hintersten Ecke des Wartebereiches und hat den Blick gegen die Wand gerichtet. Sie hat mich noch nicht bemerkt. „Hallo Mama." Ich gehe auf sie zu. „Elisabeth!" Sie steht auf und fällt mir dann fast in die Arme. Ich kann mich nicht erinnern, wann ich meine Mutter einmal so erlebt habe. Ich drücke sie fest an mich. Von unseren Eltern ist meine Mutter eigentlich immer der starke und leitende Part. Sie wusste immer, was zu tun ist. Sie behandelte seelenruhig unsere Fahrrad- und Rollschuhunfälle, welche teilweise alles andere als glimpflich ausgegangen sind. Sie sprach mit Lehrern, die unserer Meinung nach ungerecht zensierten und wusste genau, wie man mit aufmüpfigem Spielbesuch umzugehen hat. Ob die beste Freundin lieber mit wem anders spielen wollte, wegen Röteln der Kindergeburtstag ausfallen musste oder einfach nur das Eis aus der Hand gerutscht war, sie hatte immer eine Strategie, wie sie unsere Tränen getrocknet bekommt.

Ich drücke sie langsam wieder zurück in den Stuhl, wobei ich ihre Hand festhalte. „Was ist denn passiert?", frage ich leise. Sie zuckt mit den Schultern. „Ich weiß auch nicht. Papa ist von der Straße abgekommen und dann sind wir seitlich gegen einen Baum geprallt. Vielleicht war es glatt." Sie schaut mich mit großen Augen an, als wenn ich die Antwort geben könnte. „Geht es dir denn gut?" Sie zuckt wieder mit den Schultern. „Ich denke schon." Sie lehnt ihren Kopf an meine Schulter und ich lege den Arm um sie. Wir warten eine gefühlte Ewigkeit, die sich in der Realität jedoch auf eine knappe Stunde beschränkt. Eine Stunde, in der wir uns körperlich und auch gefühlsmäßig so nah sind, wie schon lange nicht mehr. Eine Stunde, so schön in dieser engen Verbundenheit zu meiner Mutter und doch so schwer in der Sorge um meinen Vater. Wir reden kaum und ich ziehe es vor, sie lieber nicht weiter nach dem Unfallhergang oder dem Zustand von Papa zu fragen, weil sie, wie es mir scheint, aktuell nicht in der Lage ist, darüber wirklich dezidierte Aussagen zu machen. Die Information, dass er beim Röntgen ist, lässt mich jedoch hoffen, dass ich es ausschließen kann, dass er beatmet auf der Intensivstation liegt und als er im Rollstuhl von meiner ehemaligen Klassenkameradin zu uns in den Wartebereich geschoben wird und uns dabei sogar etwas schief anlächelt, fällt mir ein Stein vom Herzen. Einen kurzen Moment später kommt auch schon der diensthabende Arzt, der ein Schleudertrauma und eine leichte Gehirnerschütterung als Diagnosen nennt und uns nach Hause entlässt, nachdem er mehrfach betont, was für ein großes Glück meine Eltern gehabt haben. Bevor wir uns zum Gehen abwenden, nimmt er uns noch das Versprechen ab, die nächsten 24 Stunden ein besonderes Augenmerk auf meinen Vater zu haben, welches wir ihm gerne geben.

„Was ist eigentlich mit eurem Auto?", frage ich etwas später, als ich meines in die leere Garage fahre. „Sah nicht besonders gut aus, bestimmt Totalschaden. Da werde ich mich morgen gleich drum kümmern", antwortet mein Vater von der Rückbank und bekommt von meiner Mutter, die langsam wieder in ihre alte Form findet, gleich mehrere passende Erwiderungen darauf, die alle inhaltlich aussagen, dass er sich jetzt erst einmal um gar nichts kümmern, sondern schonen müsse und sie dafür schon sorgen werde.

Da er vermutlich weiß, dass Widerstand zwecklos ist, verspricht er zu tun, was seine Frau sagt und lässt sich, nachdem wir gemeinsam noch eine Kleinigkeit als verspätetes Abendbrot eingenommen haben, ins Bett schicken. Wie selbstverständlich bleibe ich die Nacht über bei meinen Eltern.

Mama kramt Fotoalben heraus und wir schauen sie uns eng beieinandersitzend auf dem Sofa an. Wir beginnen beim Hochzeitsalbum meiner Eltern, was ich mir als Kind bestimmt schon viele hundert Male angeschaut habe - jedes Mal voller Unverständnis, dass Doro und ich nicht dabei gewesen waren, weil mir die Vorstellungskraft, dass es ein Leben vor unserer Existenz gegeben haben sollte, schier gefehlt hat. Danach blättern wir uns durch unsere Kinderalben bis zu unserer Jugend. Schließlich landen wir bei den Fotos von der Examensfeier nach meiner Ausbildung. Ich zeige meiner Mutter auf dem Foto meine ehemalige Mitstreiterin, die uns heute in der Notaufnahme betreut hat und wir sind uns beide einig, dass man ihr gar nicht ansieht, dass zwischen dem Foto und dem heutigen Tag beinahe 17 Jahre liegen.

„Ich bewundere dich oft, wie du das schaffst im Hospiz", sagt sie zu mir, als ich das Album zuklappe. „Sicherlich eine wertvolle Arbeit, aber ich stelle es mir oft doch unglaublich schwer vor." „Ach Mama." Ich lege meinen Arm um sie, in der gleichen Art und Weise, wie ich es vorhin in der Notaufnahme getan habe. „Die wirklich guten Dinge im Leben sind doch nie ganz einfach." Sie schaut mich gedankenverloren an: „Da hast du recht. Ihr wart ja auch keine einfachen Kinder."

31. Dezember

Ich erinnere mich schmerzlich daran, dass ich doch eigentlich den Vorsatz hatte, die elterliche Couch nicht mehr als Schlafgelegenheit zu nutzen. Ich strecke mich ausgiebig in der Hoffnung, meinen Rücken wieder gerade biegen zu können, was tatsächlich etwas zu nützen scheint. Mama und Papa schlafen beide noch und wenn ich in meinem Bett wäre, würde ich vermutlich das Gleiche tun. Ich tappe in die Küche und setze einen Kaffee auf, bevor ich mein Handy hole und mich damit an den Tisch setze. „Hallo Lissy! Ich hoffe, es ist alles in Ordnung. Melde dich doch bitte mal, damit ich mir keine Sorgen machen muss. Arne". Die Nachricht hat mich gestern spät abends nach zwei vorangegangenen Anrufen erreicht.

„Tut mir leid, dass ich dich gestern so sitzen gelassen habe. Es ist alles in Ordnung", tippe ich in mein Handy und schicke es schnell ab. Ein bisschen schlechtes Gewissen ereilt mich jetzt doch. Ich hätte mich tatsächlich gestern noch einmal bei ihm melden können, nachdem ich wie eine Verrückte aus dem Restaurant gerannt bin. Es dauert keine zwei Minuten, bis ich eine Antwort erhalte: „Da bin ich erleichtert. Wann können wir unser Treffen nachholen?"

„Ich bin heute Abend bei Marie zum Silvester-Feiern. Kommst du auch?" „Marie hat gesagt, wenn du es erlaubst, dürfte ich auch kommen." Ich muss grinsen und antworte „Erlaubnis erteilt", worauf ich von Arne einen Smiley zurückgeschickt bekomme.

Ich lege mein Handy weg und nehme mir eine Kaffeetasse aus dem Schrank. Unkontrollierter Weise freue ich mich jetzt schon sehr auf den heutigen Abend.

Nachdem ich den ersten Schluck im Stehen eingenommen und den Kaffee als genießbar empfunden habe, setze ich mich mit meiner Tasse im Wohnzimmer in die Fensterbank. Ein glühendes Morgenrot erleuchtet den Himmel und schiebt die lila schimmernden Wolken vor sich her. „Die Engel backen Brot, hat Oma Anni immer gesagt. Weißt du noch?" Ich fahre kurz zusammen, weil ich gar nicht gemerkt habe, dass mein Vater hinter mir steht, fange mich aber schnell wieder. „Ich weiß. Ich vermisse sie oft." „Ich auch." Er seufzt und schaut an mir vorbei in den leuchtenden Himmel. „Wie geht es dir, Papa?" „Der Schrecken steckt mir noch leicht in den Gliedern, aber ansonsten ist alles okay, glaube ich." „Das klingt gut." Er grinst und jagt mich von der Fensterbank. „Du weißt genau, dass deine Mutter es nicht schätzt, wenn man hier sitzt?" „Mir scheint, dir geht es tatsächlich schon wieder gut. Wahrscheinlich sogar zu gut, wenn du deine arme übernächtigte Tochter nicht mal in Ruhe hier sitzen lassen kannst." Wir gehen in die Küche und frühstücken dort mit meiner Mutter, die kurze Zeit später auch aufgestanden ist und sich zu uns gesellt hat. Danach beginnt sie, Heringssalat zu machen und Papa lässt es sich nicht nehmen, wegen ihres zerlegten Wagens zu telefonieren, so dass ich den Eindruck habe, dass sie bestens ohne mich zurechtkommen. „Ich bin heute Abend bei Marie, bevor ich zu ihr fahre, rufe ich noch mal kurz durch." Meine Mutter gibt mir zum Abschied ein Küsschen auf die Wange, was ich mir normalerweise verbitte, aber aufgrund des gestrigen Tages einfach geschehen lasse.

Einer inneren Sehnsucht folgend halte ich bei einem kleinen Blumenladen an, der in der Parallelstraße zu meinem Elternhaus beheimatet ist. Die ganzen letzten Tage habe ich so viel an Anni gedacht, dass ich gerne ein paar Blumen auf ihr Grab bringen möchte. Ich schaffe es nicht oft auf den Friedhof – nicht, weil es mir an Zeit mangelt, die kann ich mir nehmen, sondern weil es mich immer ein ganzes großes Stück Überwindung kostet, vor ihrem Grab zu stehen und mir dabei ganz klar vor Augen zu führen, dass sie ihr irdisches Dasein beendet hat. In dem Blumenladen stehen schon die ersten Tulpen, Annis Lieblingsblumen. Sobald sie erhältlich waren, hatte sie immer mindestens einen Strauß in ihrer Wohnung stehen. Ich kaufe ein Bund weiße Tulpen, den die Floristin mir noch hübsch bindet und fahre damit ohne Umwege zum Friedhof.

Der Boden ist gefroren, was es etwas schwierig gestaltet, die Grabvase mit den Blumen fest in den Boden zu bekommen. Während ich mich mit der sicheren Installation der Vase auf Annis Grab abmühe, höre ich, wie ein Mann ein kleines Stückchen entfernt mit seiner verstorbenen Frau spricht. Er hat sich vor ihr Grab gekniet und erzählt ihr aus seinem Leben. Er berichtet von den Weihnachtstagen mit den gemeinsamen Kindern und erzählt ihr, dass sie vor zwei

Tagen Oma geworden ist. Er beschreibt das neugeborene Enkelchen und spricht in einer Art und Weise, die nicht vermuten lassen würde, dass er mit einer Verstorbenen spricht.

Die Situation rührt mich stark und eine große Woge Dankbarkeit durchflutet mich, dass ich das Glück hatte, Anni so lange als Großmutter zu haben. Ohne sie wäre meine Kindheit um einige wunderschöne und bunte Momente ärmer gewesen und meine Erinnerung daran vermutlich nicht ganz so leuchtend, wie sie jetzt ist. Inspiriert und bewegt durch den Monolog, den der Mann mit seiner Frau führt, versuche ich auch ein Wort an Anni zu richten. Doch mehr als „Frohes neues Jahr, Oma!", was man ja eigentlich heute auch noch gar nicht wünschen kann, bringe ich nichts hervor. Unter Tränen verlasse ich den Friedhof und bin doch froh, hier gewesen zu sein.

Sowohl meine Wohnung als auch ich sind völlig unterkühlt.

Ich drehe die Heizung voll auf und stelle mich unter die kochend heiße Dusche. Danach trinke ich noch eine große Tasse Kaffee, weil ich jetzt schon merke, dass die letzte nicht im eigenen Bett verbrachte Nacht kombiniert mit dem heutigen geringen Koffeinkonsum sich bereits äußerst negativ auf mein Energielevel auswirkt.

Wenn ich ehrlich bin, hätte ich nach der Dusche direkt ins Bett gehen können, was mir jedoch zeitlich nicht vergönnt ist, da ich bereits zwei Nachrichten von Marie erhalten habe, deren Inhalte mich auffordern, schleunigst bei ihr aufzuschlagen und sowohl die Einkäufe vom Vortag abzuliefern als auch mein Versprechen, ihr bei den Vorbereitungen für den heutigen Abend zu helfen, einzulösen. Dadurch genötigt fahre ich direkt nach der Einnahme des mehr als dringend benötigten Kaffees direkt zu Marie. „Da hast du aber gut eingekauft, mein Lieschen. Es fehlt ja nicht eine Sache", stellt sie kurze Zeit später zufrieden fest, als sie den Einkaufsbeutel plündert. „Arne kommt heute Abend auch. Er sagt, das ist mit dir abgesprochen." „Jawohl, ist es." Marie schaut mich von der Seite an, während ich mühevoll versuche, eine Serviette nach ihrer Anleitung zu falten. „Wird das jetzt was mit euch?" „Schauen wir mal. Wir sind noch nicht dazu gekommen, uns vernünftig auszusprechen." „Und das muss jetzt heute Abend auf meiner Party sein?" Marie verdreht die Augen. „Ich verspreche dir, die Feier nicht zu sprengen." „Ich bitte darum, und wehe, du kommst mit schlechter Laune."

„Niemals!" Ich knuffe sie in den Arm. Marie nimmt mir die Serviette ab, die sich unter meinen Händen zu gar nichts falten lässt, was einen schönen Anblick abgibt und schickt mich heim. „Den Rest schaffe ich allein. Fahr mal nach Hause und mach dich in Ruhe zurecht. Wie ich dich kenne, hast du dir noch nicht mal überlegt, was du anziehst. Hauptsache, du kommst nachher pünktlich."

Als ich wieder zu Hause bin, dämmert es schon. Ich durchforste meinen Kleiderschrank nach irgendeinem Kleidungsstück, das mir gut steht und zu dem heutigen Anlass passt, was mich unverhältnismäßig viel Zeit und Mühe kostet. Als ich so halbwegs mit meiner Erscheinung zufrieden bin, stelle ich mich ans Fenster. Es ist klirrend kalt und ein leichter Schwarzpulvergeruch liegt in der Luft. Vereinzelt ist ein lautes Knallen zu hören, wofür ich die Nachbarskinder als Verantwortliche ausmache, die zu dritt die Straße überqueren und dabei gelegentlich Böller zünden. Es scheint, als wenn sich schon eine ganz besondere Stimmung ausbreitet, die auf den Jahreswechsel einstimmt. Ich atme tief ein und versuche diese Stimmung aufzunehmen, bevor ich vor Kälte schlotternd das Fenster wieder schließe und mich ein letztes Mal über den Adventskalender hermache. Das Säckchen, auf dem eine goldene 31 leuchtet, enthält eine kleine Packung Wunderkerzen, die schon vor dem Öffnen aufgrund ihrer Größe leicht herausragen. „Für dein ganz persönliches Wunder", steht darauf in Doros Handschrift. Ich werfe sie lächelnd in meine Handtasche und ziehe die Wohnungstür hinter mir zu, nachdem ich noch einmal kurz mit meinen Eltern telefoniert und mir dadurch Gewissheit verschafft habe, dass bei den beiden alles in Ordnung ist. Ich laufe zügig die Treppe hinunter, da ich es, bedingt durch die langwierige Entscheidungsfindung betreffend meiner Kleiderwahl, doch noch geschafft habe, dass ich mich beeilen muss. Auf dem letzten Treppenabsatz stoppe ich abrupt. Frau Braun sitzt auf der untersten Stufe. „Guten Abend, Frau Braun! Ist alles okay?", frage ich vorsichtig und nähere mich langsam von hinten, wobei ich sehe, dass sie sich den linken Knöchel hält. „Ach Fräulein Höfer! Gut, dass Sie kommen. Ich bin eben ganz blöd umgeknickt. Vielleicht können Sie mir in meine Wohnung helfen?" Ich hake sie unter und bringe sie hinein, wobei man merkt, dass das Auftreten mit dem linken Fuß ihr Schmerzen bereitet. Ich bugsiere sie in ihren Ohrensessel und lege den Fuß auf dem dazu passenden Fußhocker ab. Der Knöchel wirkt jetzt schon etwas angeschwollen und ich hole ihr etwas zum Kühlen und lege einen leichten Druckverband an. „Soll ich ihren Sohn anrufen?" „Meinen Sohn? Um Himmels Willen! Was soll der denn jetzt machen?" „Na ja, es wäre nicht schlecht, wenn man ihren Fuß röntgen und untersuchen würde, vielleicht ist was gebrochen. Ihr Sohn könnte Sie ins Krankenhaus fahren." „Nein, das möchte ich nicht. Ich weiß, dass er und seine Familie heute eingeladen sind. Da will ich nicht dazwischenfunken und alles verderben." Ich seufze und werfe einen Blick auf meine Armbanduhr, die mir anzeigt, dass Doros Party in diesem Augenblick beginnt. „Dann fahre ich Sie hin." „Das machen Sie nicht. Ich setze mich da doch nicht an Silvester zwischen die ganzen betrunkenen Jugendlichen. Es wird bestimmt auch gar nichts gebrochen sein, sonst hätte ich doch gar nicht auftreten können. Wenn ich den Knöchel ein bisschen schone und kühle, wird es bestimmt von allein besser und wenn nicht, dann fahre ich morgen ins Krankenhaus. Das verspreche ich Ihnen. Aber heute Abend nicht!" Dem letzten Satz verleiht sie besonders viel Nachdruck.

„Vielleicht sollten wir Ihren Sohn trotzdem anrufen? Einfach nur, um Bescheid zu sagen. Es könnte ja auch sein, dass er gerne kommen würde, um nach Ihnen zu schauen und sie zu unterstützen. Eben hatten Sie ja große Mühe, die zwei Schritte von der Treppe bis zu Ihrer Wohnung zu gehen." „Nein, auf gar keinen Fall! Ich bin ihm an den Weihnachtstagen schon genug zur Last gefallen und das hat er mich auch spüren lassen." Tränen treten in ihre Augen und sie wendet den Kopf zur Seite. „Sie haben doch bestimmt auch was vor. Gehen Sie mal ruhig. Ich komme schon alleine zurecht." Kurz bin ich tatsächlich versucht, einfach ihrer Anweisung zu folgen und mich auf den Weg zu Marie zu machen, da höre ich sie laut schluchzen. Ich nehme Sie in den Arm. „Kann ich denn irgendwas Gutes für Sie tun?" Weinend winkt sie ab. „Oder soll ich heute Abend bleiben? Wir könnten Karten spielen und uns ein paar nette Stunden machen?", höre ich mich sagen. Frau Braun hört schlagartig auf zu weinen und ihre Augen leuchten. „Sie wollen wirklich den Jahreswechsel mit mir verbringen? Oh, das ist aber schön. Ich dachte nur, Sie hätten was vor." Ich winke ab. „Nichts Wichtiges!"

Kurz darauf faltet Marie mich am Telefon zusammen. „Das ist jetzt nicht dein Ernst, Lissy. Du kannst nicht kommen, weil deine Nachbarin umgeknickt ist?" Ich höre an ihrem Tonfall, dass sie ernsthaft verärgert ist. „Es tut mir leid, Marie! Ich weiß selber nicht, was in mich gefahren ist, als ich ihr das angeboten habe. Ich hatte mich wirklich schon sehr auf heute Abend gefreut." „Dann wärst du jetzt hier." Der Tonfall ist immerhin schon mal von ärgerlich auf beleidigt gewechselt.

„Es ist nicht nur der Knöchel. Ich habe den Eindruck, dass es ihr insgesamt nicht besonders gut geht. Sie hat so geweint. Ich konnte nicht anders." Marie erwidert darauf nichts und wir schweigen uns zwei lange Minuten an, die gefühlt auch zwei Stunden hätten sein können. „Komm schon, Marie! Sei jetzt bitte nicht sauer! So möchte ich nicht ins neue Jahr starten. Ich gehe morgen auch mit dir Schlittschuhlaufen und lade dich danach zum Essen ein." Marie liebt es, auf dem Eis zu stehen, ganz im Gegensatz zu mir. Seitdem wir dem Jugendalter entwachsen sind, bin ich nicht mehr mit ihr Schlittschuhlaufen gegangen, obwohl sie es sich jedes Jahr wünscht.

„Ach, was soll es. Ich kann dir sowieso nicht lange böse sein, obwohl ich es trotzdem daneben finde." „Danke! Ich wünsche euch einen tollen Abend!" „Wünsche ich dir auch! Ich sage Arne Bescheid! Feiere nicht so wild mit deiner Nachbarin und hol` mich morgen um 16 Uhr ab." „Mach ich!" Erleichtert, dass es mir noch gelungen ist, die Wogen zu glätten, lege ich auf. Aus dem Augenwinkel habe ich bereits während des Telefonats gesehen, dass Frau Braun unter größten Anstrengungen versucht, sich aus dem Sessel zu schälen. „Wo wollen Sie denn hin? Sie sollen doch sitzen bleiben und ihren Fuß schonen." Sie seufzt und schickt mich daraufhin in die Küche, um mehrere Speisen und Getränke für uns zusammenzutragen und innerhalb kürzester Zeit habe ich, dank Frau Brauns sehr gut gefülltem Kühlschrank, ein kleines Partybuffet für zwei Personen auf dem Wohnzimmertisch aufgebaut. Wir prosten uns mit Eierlikör zu und verlieren uns danach im Kartenspiel. Als ich gerade das dritte Mal in Folge verliere, was mir völlig unklar erscheint, vor allem in Anbetracht der Tatsache, dass Frau Braun bereits einen leichten Schwips hat, klingelt es an der Tür. „Erwarten Sie jemanden?" Meine Nachbarin schüttelt den Kopf.

Durch die Gegensprechanlage höre ich Arnes Stimme. „Lissy, bist du das? Hier ist Arne." Ich werde stocksteif. Damit habe ich nicht gerechnet. „Wer ist es denn?", ruft Frau Braun aus dem Wohnzimmer. „Es ist Besuch für mich", antworte ich und betätige den Türöffner. „Ja, wunderbar. Vielleicht kann Ihr Besuch ja auch Rommee spielen."

Arne hat eine Flasche Sekt in der einen Hand und meinen Hut in der anderen, als er vor mir steht. „Dich habe ich jetzt so gar nicht erwartet", stottere ich. „Ich wollte nicht ohne dich feiern. Außerdem steht unser Gespräch noch aus." Ich schaue ihn zweifelnd an. „Darf ich reinkommen? Ich habe auch deinen Hut dabei, den du gestern in der Eile bei Costa liegen lassen hast." Ich lasse ihn herein und stelle ihn Frau Braun vor. Sie wirkt sichtlich begeistert, dass es sich bei dem unerwarteten Besuch um einen Mann handelt und zwinkert mir mehrfach verschwörerisch zu, was auch Arne nicht entgeht, der sich mühevoll das Lachen verkneifen muss. Nach einer Runde Kartenspiel zu dritt zeigt die Uhr bereits, dass uns nur noch eine knappe halbe Stunde davon trennt, das neue Jahr begrüßen zu können. „So, jetzt schalten Sie mir mal das Erste an. Da kommt doch immer so eine schöne Silvestershow. Wenn Sie wollen, können Sie beide ja auf die Terrasse gehen zum Anstoßen und Feuerwerkschauen." Sie zwinkert mir wieder äußerst auffällig unauffällig zu.

Kurz darauf stehen Arne und ich gemeinsam auf Frau Brauns Terrasse. Das Thermometer hat Minusgrade erreicht, weshalb ich, obwohl wir uns unsere Jacken übergeworfen haben, fröstele. Ich ziehe mir meinen zu mir zurückgekehrten Hut über die Ohren und wir zünden gemeinsam je eine von Doros Wunderkerzen an. Schweigend schauen wir in den Funkenregen, bis die Kerzen komplett ausgebrannt sind. „Lissy, ich möchte mit dir zusammen sein", richtet Arne danach das Wort an mich. „Und zwar nur mit dir! Bedingungslos! Ich habe meiner Exfreundin erzählt, dass es dich gibt und was für Gefühle ich für dich habe." Ich hebe meinen Blick zu seinen Augen. „Was hast du denn für Gefühle für mich?" Arne legt den Arm um mich. „Ich liebe dich!" Er zieht mich zu sich heran, wobei mir mein Hut in den Nacken rutscht und das Gefühl vermittelt, als würde er mich ganz sacht in seine Richtung schieben.

Ich schließe meine Augen und fühle den Moment, während hinter uns das Feuerwerk den Himmel erleuchtet.